圖解英語
文法及標點符號

Visual Guide to Grammar and Punctuation

Written by Sheila Dignen Translated by Elaine Tin

新雅文化事業有限公司
www.sunya.com.hk

新雅 ● 學習館
DK圖解英語文法及標點符號
Visual Guide to Grammar and Punctuation

作者：Sheila Dignen
翻譯：Elaine Tin
責任編輯：黃花窗
美術設計：鄭雅玲
出版：新雅文化事業有限公司
香港英皇道499號北角工業大廈18樓
電話：（852）2138 7998
傳真：（852）2597 4003
網址：http://www.sunya.com.hk
電郵：marketing@sunya.com.hk
發行：香港聯合書刊物流有限公司
香港新界大埔汀麗路36號中華商務印刷大廈3字樓
電話：（852）2150 2100
傳真：（852）2407 3062
電郵：info@suplogistics.com.hk
印刷：中華商務彩色印刷有限公司
香港新界大埔汀麗路36號
版次：二〇一九年九月初版

ISBN: 978-962-08-7363-8
Original Title: Visual Guide to Grammar and Punctuation
Copyright © 2017 Dorling Kindersley Limited
A Penguin Random House Company
Traditional Chinese Edition © 2019 Sun Ya Publications (HK) Ltd.
18/F, North Point Industrial Building, 499 King's Road, Hong Kong
Published and printed in Hong Kong

A WORLD OF IDEAS:
SEE ALL THERE IS TO KNOW
www.dk.com

目錄

為何不是
a white small dog，
而是**a small white dog**呢？
請翻看第45頁，找出答案吧！

a **small white** dog with a flowing cape

Was going 和is going有分別嗎？請翻看第34至35頁，找出答案吧！

The balloon **was going** higher and higher.

Elephants are **amazingly strong**.

Amazingly strong和amazing and strong有分別嗎？請翻看第51頁，找出答案吧！

怎樣學好英語？

apostrophes

verbs

adjectives

auxiliary

clauses

ellipses

past tense

我們每個人對自己的母語的文法已有相當的理解：當你張開嘴巴用母語說話時，便不知不覺地運用了文法！可是外語呢？以中文為母語的我們，怎樣才能學好外語如英語呢？辦法就是多聽、多說、多讀、多寫，還有學好英語的文法和標點符號。

future tense

perfect tenses

commas

adverbs

你每天都會講很多話：例如你昨天做了什麼，明天將會做什麼；你會向別人提及你的一位朋友，或者你的兩位朋友，甚至是你哥哥的朋友；你也會談論一齣很刺激的電影、另一齣更刺激的電影，還有一齣你認為最刺激的電影。

pronouns

hyphens

capita

exclamations

colons

verbs

direct speech

objects

noun phrases

> 無論你講的是什麼話題，你都會運用到文法。這本書將會引導你如何理解不同類型的英文字詞，如何正確地組合各種類型的字詞來表達不同的意思，以及如何在書寫時正確地使用標點符號。

questions

exclamation marks

infinitives

full stops

brackets

subjects

> 還有，這本書會讓你發現英語的趣味，讓你滿有自信地運用英語。你會學習到如何選擇最貼切的詞語，用最合適的句式去表達你想說或你想寫的。還等什麼？一起來學習英語吧！

etters

如何使用這本書？

這本書的使用方法十分靈活。你可以從第一課看到最後一課；你也可以翻開你感興趣的任何一課去仔細研究。每個課題都配有具體的例子，且每個例子都輔以清晰的照片來作說明。現在就張開你的眼睛，好好享受這趟圖解英語文法及標點符號的學習之旅吧！

★ 課題分頁
每個英語文法或標點符號課題佔一至兩頁，只要看看標題就能清楚知道每課的主題。

★ 簡介
每個課題都有扼要的解釋，例如：名詞或形容詞的運用要點、如何使用逗號等。該課題的關鍵字或標點符號均以**粗體字**去標示。

★ 標題

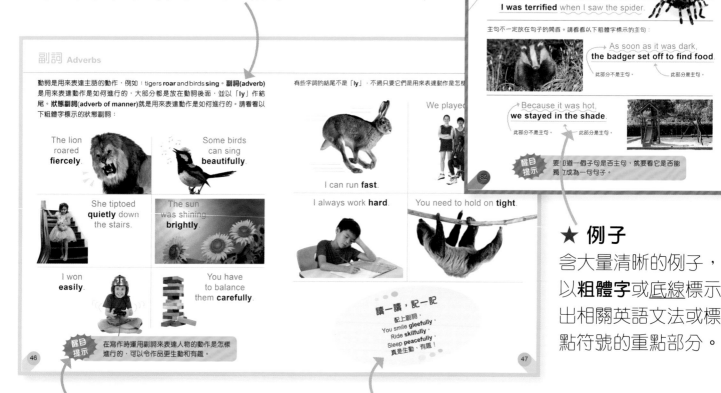

★ 例子
含大量清晰的例子，以**粗體字**或底線標示出相關英語文法或標點符號的重點部分。

★ 醒目提示
提供各種重點提示，助你輕鬆掌握英語文法或標點符號的重點。

★ 讀一讀，記一記
讀一讀這些朗朗上口的句子，讓你更容易記住英語文法或標點符號的難點。

Its 或 it's Its or it's

Its 是沒有撇號的，用來表示物件是屬於哪隻動物或事物的。請看看以下粗體字標示的 its：

The dog is wagging **its** tail.

The baby monkey stays close to **its** mother.

The baby snake is coming out of **its** shell.

The bird is sitting on **its** eggs in **its** nest.

This bucket has lost **its** handle.

I can't play this now because **its** strings are broken.

It's 則是 it is 或 it has 的縮讀字，當中的撇號取替了沒寫出來的字母。請看看以下粗體字標示的縮讀字：

Look! **It's** a starfish!
it is

It's raining!
it is

Where's the rabbit? **It's** in the hat!
it is

Where is my scarf? **It's** disappeared!
it has

This is my new coat. **It's** got wooden toggles.
it has

請一讀，記一記
It 加上撇號和 [s]
變成 It's，
是一個縮讀字；
It 加上 [s]
變成 Its，
是一個物主限定詞。

107

★ **照片**
每個例子附上照片，圖文並茂地解釋英語文法或標點符號的用法。

接起來。And、but 和 or 這幾個連接詞稱為對等連接詞，當連接子句時，句子中的子句同樣是主句。請看看以下各句子主句：

I'm happy!

I like tennis and I like basketball

I've opened the chest, but it was empty.

I read a book, but then I lost it.

insects or times eat eggs.

We can play the guitar or we can bang on the drums

★ **三大學習範疇**
本書內容分成三大學習範疇：詞類（藍色頁面）；句子、片語和子句（橙色頁面）以及標點符號（綠色頁面）。只要看看頁面的顏色，就能快速知道該課題屬於什麼學習範疇。

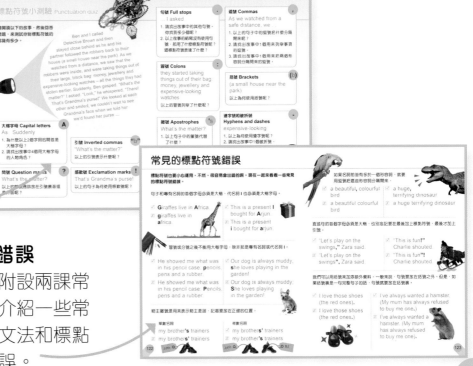

★ **小測驗**
每個學習範疇附設小測驗，測試一下你對該範疇的認識。

★ **常見錯誤**
本書最後附設兩課常見錯誤，介紹一些常見的英語文法和標點符號的錯誤。

什麼是文法？

當我們跟別人用說話或文字去溝通時，我們都要用上字詞。無論是哪一種語言，都有數以千計的字詞去表達不同的意思。要把不同的字詞組合成有意義的文字，我們就要懂得其中的法則，也就是**文法(grammar)**。

未經組合的字詞，只能零碎地表達了該字詞本身所指的意思。

huge　to　zoomed　up　planet

An　rocket

a

into　distant　space

alien

The　travelled

字詞就像一塊塊的拼圖，只有把它們正確地組合起來後，才能表達出有意思的文字。

The　huge　rocket　zoomed　up　into　space

An　alien　travelled　to　a　distant　planet

什麼是標點符號？

當你說話的時候，你或會稍作停頓來表示你已經說完了該句話；你也或會吼叫來表達憤怒的情緒。而在書寫時，你會使用標點符號以便清晰地表達意思，讓讀者知道文字停頓的位置和句子所表達的語氣等。

如果沒有標點符號，句子將會變得難以閱讀和理解。

the toy shop was amazing there were shelves
packed with all kinds of exciting things wooden trains
action figures brightly coloured kites and lots more

句子加上標點符號之後，意思就會清晰起來。

The toy shop was amazing! There were shelves
packed with all kinds of exciting things: wooden trains,
action figures, brightly coloured kites and lots more.

有時候，標點符號甚至會改變句子的意思！

We found gold coins
and jewels.

We found gold, coins
and jewels.

兩種寶物

三種寶物

9

介詞
Prepositions

The astronaut flew **to** the Moon **in** a rocket.

形容詞
Adjectives

a **green** and **yellow** parrot

動詞
Verbs

roar

hunt

連接詞
Conjunctions

He's a **wizard**.

名詞
Nouns

Most animals look cute **when** they are young.

代名詞
Pronouns

My sister wants
to be a vet.
Mum bought
her a kitten.

Wasps can
sting you.
Ouch!

感歎詞
Interjections

副詞
Adverbs

I can run **fast**.

詞類 Parts of speech

限定詞
Determiners

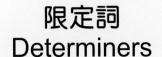

Look at **the**
penguins!

時態
Tenses

It **snowed**
last night.

名詞 Nouns

在這個世界上，我們身邊所有事物、動物和人物都有名稱，這些名稱就是**名詞**(noun)。請看看以下名詞：

tree

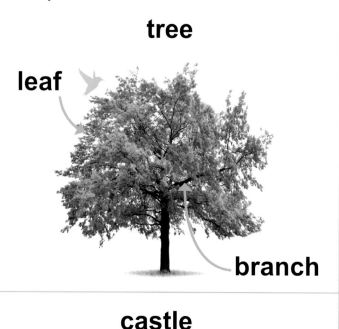

leaf

branch

tiger

stripes

fur

castle

tower

window

tractor

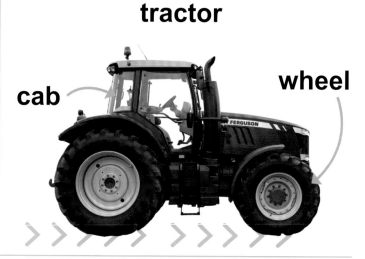

cab

wheel

dinosaur

tail

claw

讀一讀，記一記

所有事物都有名稱，所有名稱都是名詞。
無論是 mouse，還是 house，
是 lizard，還是 wizard，
它們通通都是名詞啊！

這兩頁介紹的名詞是**普通名詞(common noun)**，普通名詞不是用來指出某個特定的事物或人物，例如：名詞 tree 可以用來指示任何一棵樹，而名詞 brother 同樣可用來指示任何人的哥哥或弟弟。請看看以下粗體字標示的普通名詞：

This is my **brother**.

She's a **teacher**.

He's a **singer**.

I'm the **champion**.

有些虛構的事物也有名稱的，這些名稱也是名詞。請看看以下粗體字標示的名詞：

He's a **wizard**.

Here's a **dragon**.

13

專有名詞 Proper nouns

專有名詞 (proper noun) 是指屬於某人或某地的名稱。專有名詞的首個字母必須是大楷。

有些專有名詞是人們的名稱,例如:

Emily　　**Jack**

Cindy Adams

有些專有名詞是國家、城市或市鎮的名稱,例如:

France

New York City

專有名詞還包括月份和一周七天的名稱。請看看以下粗體字標示的專有名詞:

We go on holiday in **August**.

We start school on **Monday**.

抽象名詞 Abstract nouns

抽象名詞 **(abstract noun)** 所指的是一些我們看不見、聽不到或摸不到的事物的名稱。請看看以下的抽象名詞：

health

hunger

有些抽象名詞是關於感受的，例如：

happiness

disappointment

有些抽象名詞是關於概念的，例如：

speed

fame

單數及複數名詞 Singular and plural nouns

當某事物的數量是1的時候，其名詞是**單數名詞(singular noun)**；而當某事物的數量大於1的時候，其名詞是**複數名詞(plural noun)**。通常在單數名詞後加上「s」，就會變成複數名詞。請看看以下粗體字標示的單數名詞和對應的複數名詞：

a **truck**	two **trucks**

a **dog**	three **dogs**

a **balloon**	lots of **balloons**

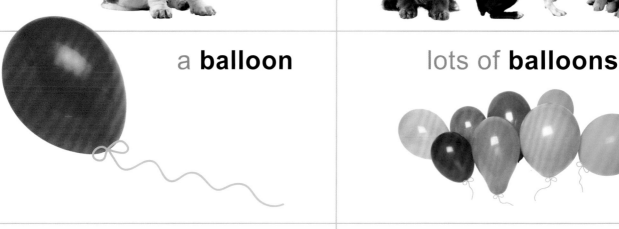

a **bird**	many **birds**

有些名詞同時有單數名詞和複數名詞，這些名詞屬於**可數名詞(countable noun)**，其所指的事物是可數的；而有些名詞並沒有對應的複數名詞，這些名詞屬於**不可數名詞(uncountable noun)**，即其所指的事物是不可數的。請看看以下粗體字標示的可數名詞：

one **pencil**, two **pencils**, three **pencils**

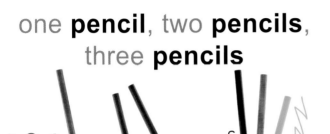

One **cherry** for you, and two **cherries** for me!

以下粗體字標示的都是不可數名詞，我們都不能數算出這些物件啊！

some **furniture**

some **milk**

lots of **money**

some loud **music**

醒目提示　不可數名詞是沒有複數的！我們不能說「**two furnitures**」或「**lots of moneys**」。

17

複合名詞 Compound nouns

有些字詞組合起來會變成新的名詞，這些新的名詞稱為**複合名詞(compound noun)**。請看看以下粗體字標示的複合名詞：

rain + coat = **raincoat**

star + fish = **starfish**

cup + cake = **cupcake**

sun + rise = **sunrise**

hand + bag = **handbag**

tooth + paste = **toothpaste**

tooth + brush = **toothbrush**

集合名詞 Collective nouns

有些名詞是指一羣動物、一羣人或一組物件，這些名詞稱為**集合名詞** (collective noun)。請看看以下粗體字標示的集合名詞：

a **flock** of geese

a **herd** of elephants

a **team** of hockey players

a **range** of mountains

a **fleet** of fishing boats

a **school** of fish

動詞(verb)也可稱為「**動作的字詞 (doing word)**」。動詞告訴我們人或事（即名詞）的動作或行為。請看看以下的人物、動物和事物分別能做什麼事情。

walk

roar

hunt

dance

turn

spin

fly

zoom

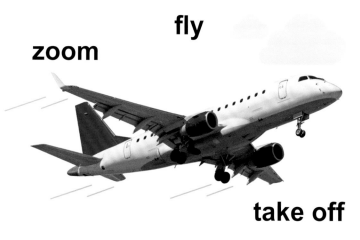

take off

bang

pop

whizz

play

lose

win

climb   **swing**

balance

當名詞配上動詞，我們就知道以下的人物、動物和事物分別在做什麼了。

Crocodiles **hunt**.

An ice-skater **spins** round and round.

Owls **fly**.

A scooter **whizzes** by.

The gymnast **balances**.

讀一讀，記一記

名詞獨個兒做不了什麼，
配上動詞卻會 **run**、會 **dance**，
更會 **sing** 呢！

動詞(verb)是描述動作或行為的字詞，如：**run**、**jump** 和 **play**；而施行動詞所指的動作或行為的人或事就是**主語(subject)**，主語總是放在動詞前面。請看看以下粗體字標示、放在動詞前面的主語：

The **athlete** jumps.

The **clown** juggles.

The **butterfly** lands.

The **boat** sails.

The **rain** falls.

The **star** twinkles.

有時候，動詞要稍微作出變化以配合主語的性質。如果主語是單獨一個的（第三人稱單數），亦即 **he**、**she** 或 **it**，我們就要在相應的動詞後加上「**s**」或「**es**」。請看看以下粗體字標示的動詞變化：

All dogs **bark**.

This dog **barks** a lot.

He **barks** a lot.

Trains **go** fast.

This train **goes** slowly.

It **goes** slowly.

有些動詞的變化是不規則的。請看看以下粗體字標示的動詞不規則變化：

This car **is** red.

These cars **are** red.

主語和賓語 Subjects and objects

句子的**主語(subject)**置於動詞前，主語表示出什麼人或事施行了動詞所表達的意思。有些動詞的後面還需要添加字詞，否則意思不通。而出現於動詞後面的字詞，可以是人或物，稱為**賓語(object)**，賓語表示出什麼人或物承受了動詞所表達的意思。

The **dog** chased...
主語
?

Ella saw...
主語
?

The **dog** chased a **ball**.
主語
賓語

主語
Ella saw her **mum**.
賓語

有些動詞並不需要在其後添加賓語，意思也完整。

The **tiger** roars.
主語

Flowers grow.
主語

24

某些動詞後面可添加或不添加字詞，亦即是動詞後面有時候有賓語，有時候卻沒有賓語。不過，無論如何主語總是放在動詞之前。

All **kittens** play.

主語

主語

Some **kittens** play **catch**.

賓語

All **animals** eat.

主語

主語

Orangutans eat **apples**.

賓語

記住！主語總是放在動詞前……

The **cat** chases the **mouse**!

……否則的話，意思會出錯呢！

讀一讀，記一記

The cat chases the mouse，
The cat是主語，放在前，
The mouse是賓語，放在後。
如果不小心倒轉了，
那豈不是變成了老鼠捉貓？

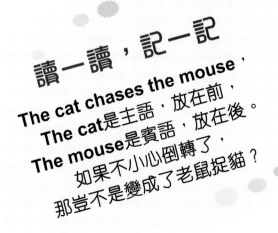

be動詞 The verb be

be 動詞是一個與別不同的動詞，它是**不規則動詞(irregular verb)**，意思是它有獨特的變化規則。這個動詞有很多不同的形態，例如：**am**、**are**、**is** 等。請看看以下粗體字標示的 be 動詞變化：

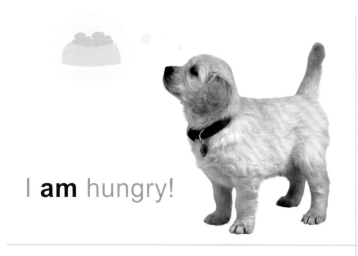

I **am** hungry!

You **are** my friend!

That elephant **is** huge!

These snakes **are** scary!

Please **be** quiet!

He's **being** helpful.

在 **be** 動詞之後，我們可以配上名詞來說明主語是什麼，也可以配上形容詞去描述主語的特點。請看看以下粗體字標示的 be 動詞的功能。

This **is** a tiger.
It **is** fierce.

He **is** a clown.
He **is** funny.

We **are** the champions.
We **are** proud!

These **are** rhinos.
They **are** strong.

我們也可以用be動詞去說明一些過去的事情。這時候，我們要把be變成**was**或**were**。請看看以下粗體字標示的 be 動詞變化：

Yesterday
I **was** seven.

Today
I **am** eight.

Last week
we **were**
on holiday.

Now we **are**
back home!

27

代名詞 Pronouns

我們有時不想把同一個名詞重複又重複地提及，這時候我們可以運用**代名詞** (pronoun)來代替名詞。請看看以下粗體字標示的名詞及其對應的代名詞：

Freddie is a fast runner.
~~Freddie~~ **He** always wins.
One day I want to beat ~~Freddie~~ **him**.

My sister wants to be a vet.
She loves animals.
Mum bought **her** a kitten.

My little **brother's bike** is broken.
He is going to mend **it**.

Owls hunt when **they** are hungry.
Small animals try to get away from **them**.

醒目提示　放在主語位置的代名詞稱為**主格人稱代名詞(subject pronoun)**，放在賓語位置的代名詞稱為**賓格人稱代名詞(object pronoun)**。

主格人稱代名詞	I	You	He	She	It	We	They
賓格人稱代名詞	me	you	him	her	it	us	them

I、me 和 you 都是代名詞，我們可以用這些代名詞來代替自己或別人的名字。請看看以下粗體字標示的代名詞：

Please can **I** have another biscuit?

Can **you** teach **me** how to skateboard?

代名詞還包括 **nothing**、**everything**、**nobody** 和 **somebody** 等，分別代表沒有東西、所有東西、沒有人和有些人。請看看以下粗體字標示的代名詞：

There's **nothing** in my case.

I want to invite **everybody** to my party.

Dear Aiden,
Please come to my party.

Nobody answered the door.

Somebody has eaten the pizza.

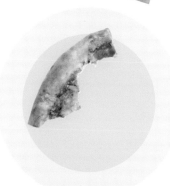

醒目提示　當我們使用 I 作為代名詞時，一定要用大楷字母啊！

I 還是 me？ I or me？

在動詞前面，必定要用 I，而不是 me。無論是提及你自己，或者是你跟別人的時候，都要記住這個規則。請看看以下粗體字標示的 I 和別人的名稱：

I watched a film.
Adam and I watched a film.

I found some buried treasure.
Elsie and I found some buried treasure.

你可能聽過有人說「**Me and Adam** watched a film」，但這是錯的，正如你不會說「Me watched a film」一樣。

Me 可以放在句子的其他位置。請看看以下粗體字標示的 me 和別人的名稱：

The bull chased **me**.
The bull chased **Ali and me**.

Are those apples for **me**?
Are those apples for **Rosa and me**?

讀一讀，記一記

動詞前面必定放 I，
其他位置才放 me。

醒目提示 當你需要同時提及自己和別人的時候，較禮貌的做法是先說出別人的名稱，例如：**Lily and I** …或… **Lily and me**。

30

物主代名詞 Possessive pronouns

當我們要提到一些屬於自己或某人的事物時，我們可以用**物主代名詞** (possessive pronoun)來代替名詞。請看看以下粗體字標示的物主代名詞：

This ball
is ~~my ball~~
mine.

Is that bike
yours?

Tom says those
gloves are **his**.

I gave my old boots
to my sister, so
they're **hers** now.

These bananas
are **ours**.

We'll clear up our
mess, and they can
clear up **theirs**.

醒目
提示

六個物主代名詞是 **mine**、**yours**、**his**、**hers**、**ours** 和 **theirs**，分別代表我的、你的/你們的、他的、她的、我們的和他們的。

31

現在式和過去式 Present and past tenses

有些事是現在發生的，有些事是以前發生的。在英語裏，我們要改變動詞的形態去表達事情發生的時間，這就是**時態(tense)**。

我們用**現在式(present tense)**去表達現在發生、經常發生，或每次都這樣的事，而**過去式(past tense)**則用來表達以前發生過的事。

請看看以下粗體字標示的現在式：

It **snows** in winter.

We **plant** flowers each year.

請看看以下粗體字標示的過去式：

It **snowed** last night.

We **planted** some flowers last year.

很多過去式的動詞都是以「**ed**」作結尾的，當然也有不少是和原本的動詞形態不同。

現在式的動詞：

I always **win**.

過去式的動詞：

I **won** the race.

將來式 Future tense

誰都不會知道將來會發生什麼事，可是我們都喜歡談及將來。當我們預料某些事情將會或將不會發生時，我們可以用**將來式(future tense)**去表達，把 **will** 或 **won't (will not)**放在動詞前面。請看看以下粗體字標示的 **will** 和 **won't**：

Of course
I **will** win
the race.

I definitely **won't**
go to Mars.

有些事我們認為有可能發生，卻又不太肯定的話，我們可以用 **might** 或 **may**。請看看以下粗體字標示的 might 和 may：

The cat **might**
catch the bird.

I **may** share
my toys.

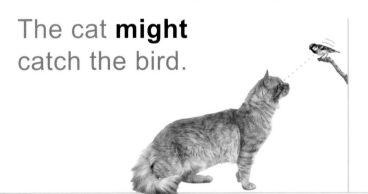

如果我們已經計劃了將會做某件事，我們可以用 **be going to** 去表達。請看看以下粗體字標示的 be going to：

I'**m going to** ride a bike.

I'**m going to**
paint a
a room.

進行式 Progressive tenses

我們運用不同時態去表達現在、過去或將來發生的事。但當我們講述一些還未完成，或者要持續一段時間的事情時，我們可用**進行式**(progressive tense)。

現在進行式(present progressive)是用於當刻正在發生的事情。請看看以下粗體字標示的現在進行式：

He **is making** a sandcastle.

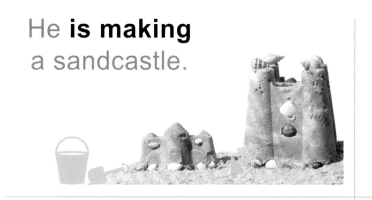

We **are skating** on the ice.

The dog **is burying** a bone.

The animals **are drinking**.

現在式所指的是每天或每星期都會發生的事，例如是一些習慣或常態；而現在進行式所指的是當刻正在發生的事情。

I **make** something different every week. ← 現在式

Today, I **am making** a robot. 現在進行式

當我們要說一些在過去裏持續發生一段時間的事情，我們會用**過去進行式(past progressive)**。在同一句句子裏，我們常常可以用過去式去講述一件事，再加上過去進行式去講述另一件同時發生的事。請看看以下粗體字標示的過去進行式：

I **was starting** to feel a bit sick!

The balloon **was going** higher and higher.

The fireworks **were making** a lot of noise.

I **was riding** my bike in the park, when a puppy ran out in front of me.

過去式所指的是在過去發生並且經已完結的事情，而過去進行式所指的則是在過去一段時間裏持續發生或進行中的事情。

The cat **climbed** to the top of the tree.

過去式

The cat **was climbing** up the tree.

過去進行式

醒目提示　進行式的動詞都是以「**ing**」作結尾的。

完成式 Perfect tenses

除了過去式，我們還可以用兩種**完成式**(perfect tense)去表達過去的事，分別是**現在完成式**(present perfect)和**過去完成式**(past perfect)。

當我們的現況跟過去某件事情仍有關聯的話，我們會用**現在完成式**(present perfect)去講述這件往事。請看看以下粗體字標示的現在完成式：

I **have finished** my homework!

The squirrel **has found** some nuts.

一起來看看現在完成式和過去式的分別：

I **have lost** my phone.

現在完成式

I **lost** my phone, but my dad bought me a new one.

過去式

The dog **has gone** into the garden.

現在完成式

The dog **went** into the garden and got very muddy!

過去式

我們在故事裏常常會讀到很多情節：首先發生了這件事，然後發生了下一件事，最後又發生了另一件事。當我們要表達事情發生的次序時，我們會用**過去完成式(past perfect)**去說較早時候發生的事。請看看以下粗體字標示的過去完成式：

We walked all day, and in the evening, we arrived at the gates of an old house. It was all quiet, and my companions wanted to go in. But my uncle **had warned** me that it was dangerous.

過去完成式

這表示：在我們出發之前，叔叔已經警告過我們。

The professor opened the door to the laboratory and went in. He looked around, and listened carefully – nothing. With a feeling of horror, he realized that it was true. The dinosaurs **had escaped**!

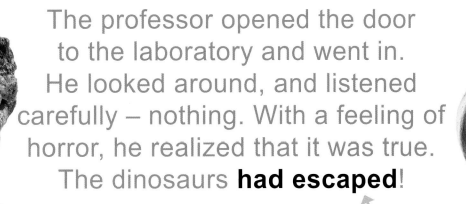

過去完成式

這表示：在教授到達實驗室之前，恐龍已經逃脫了。

37

助動詞 Auxiliary verbs

大家都很熟悉過去式和現在式這兩種時態了，對嗎？至於其他的時態，我們必須借助一些特別的動詞，稱為**助動詞**(auxiliary verb **或** helping verb)來組成正確的動詞變化。

在以下例子中，**have** 和 **be** 用作助動詞時，便改變了句子的時態。

The dog **ate** my sandwiches!　　過去式

The dog **has eaten** my sandwiches!　現在完成式

Horses **eat** grass.　　現在式

The horses **are eating** grass.　　現在進行式

此外，**be** 用作助動詞時，更可用於進行式時態。

He **is learning** to juggle.

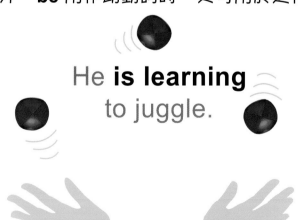

Are you **winning**?

Do 本身是動詞，而作為助動詞時可用於現在式來建構問句或否定句。請看看以下以 do 來構成的現在式問句和否定句：

I like milkshakes. **Do** you **like** milkshakes too?

We play tennis in the summer. We **don't play** football.

Did 是 **do** 的過去式，也是過去式中的一個助動詞。請看看以下以 did 來構成的過去式問句和否定句：

I enjoyed our day at the safari park. **Did** you **enjoy** it?

We found a few old tools, but we **didn't find** any toys.

在現在完成式中，我們會使用 **have** 作助動詞。請看看以下以 have 來構成的現在完成式句子和否定句：

We **have made** some lemonade.

The plane **hasn't taken off** yet.

不定詞 Infinitives

不定詞(infinitive)是動詞最原始的形態，是還沒因為時態而改變的動詞，例如：**eat**、**play** 和 **sleep**。如果你要從字典裏查找動詞的意思，就要以不定詞的拼法來查找。

在 **to** 後面的動詞以不定詞形式出現。請看看以下粗體字標示的 to 和不定詞：

The witch decided **to make** a magic potion.

The monkey needs **to hold** on tight.

I don't want **to go** home!

We set off **to explore** the forest.

Would you like **to stay** for lunch?

The bird is trying **to balance**.

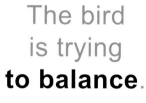

在 **can**、**will**、**might** 和 **must** 這些**情態動詞(modal verb)**後面的動詞也是以不定詞形式出現。請看看以下粗體字標示的情態動詞和不定詞:

I **can walk** on my hands.

I **might have** fish for dinner.

You **must pass** the ball.

You **should eat** plenty of fruit.

The spider hopes a fly **will come** along soon!

Don't worry, it **won't hurt**.

形容詞 Adjectives

形容詞(adjective)是用來描述人物、動物或事物的特性，也就是用來修飾名詞的。它可以用來形容名詞所指事物的外表、聲音或給予外界的感覺，讓我們對相關的事物有更多的認識。請看看以下的動物和事物可配合什麼形容詞：

fierce

strong

stripy

mysterious

magical

haunted

obedient

noisy

friendly

comfortable

fast

expensive

colourful

beautiful

delicate

讀一讀，記一記

配上形容詞，
Lions are **strong**，
Rockets are **fast**，
Rivers are **long**！

42

有些形容詞是用來描述顏色的，例如：

a **blue** and **yellow** hat with **red** pompoms

a **green** and **yellow** parrot

有些形容詞是用來描述大小或形狀的，例如：

a **small** beetle with **big** jaws

a **triangular** piece of pizza on a **round** plate

有些形容詞是用來描述感受的，例如：

She's **content** and **relaxed**.

He's **happy** and **excited**.

形容詞的位置 Where to put adjectives

形容詞最常見的位置，就是放在它所修飾的名詞**前面**。請看看以下粗體字標示的形容詞：

a **colourful** ball

a **huge** spider

除此之外，我們也可以把形容詞放在名詞**後面**，不過名詞和形容詞之間要加上合適的動詞來連接，例如 **be**、**like** 或 **feel**。請看看以下粗體字標示的動詞和形容詞：

The sun **is hot**.
The water **looks inviting**.

Our cat **is lovely**.
His fur **feels soft**.

以上兩種方法都可以，我們可以自己決定要把形容詞放在什麼位置。請看看以下粗體字標示的形容詞及其位置：

This is a **delicious** salad.
This salad is **delicious**.

We saw some **amazing** fireworks.
The **fireworks** were **amazing**.

你可以使用多於一個的形容詞去描述事物。如果要把兩個形容詞置於名詞前面，就要用**逗號(comma)**。請看看以下粗體字標示的形容詞和逗號：

some **beautiful**, **delicate** flowers

a **large**, **ferocious** crocodile

如果要把兩個形容詞置於名詞後面，就要用 **and** 來把形容詞連接起來。請看看以下粗體字標示的形容詞和 and：

A rabbit's ears are **long and pointed**.

The roller coaster was **fast and scary**.

當形容詞多於一個的時候，你就要想一想如何把它們合適地排列起來。不正確的次序會使句子變得不通順。

☑ It's got small, black spots.

☒ It's got black, small spots.

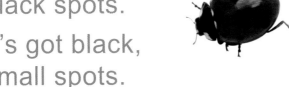

從以上的例子中，先形容大小，再形容顏色，句子會比較通順。

☑ She's wearing a lovely, woolly jumper.

☒ She's wearing a woolly, lovely jumper.

從以上的例子中，先說主觀看法，也是比較合適的。

副詞 Adverbs

動詞是用來表達主語的動作，例如：tigers **roar** and birds **sing**。**副詞(adverb)** 是用來表達動作是如何進行的，大部分都是放在動詞後面，並以「**ly**」作結尾。**狀態副詞(adverb of manner)** 就是用來表達動作是如何進行的。請看看以下粗體字標示的狀態副詞：

The lion roared **fiercely**.

Some birds can sing **beautifully**.

She tiptoed **quietly** down the stairs.

The sun was shining **brightly**.

I won **easily**.

You have to balance them **carefully**.

醒目提示

在寫作時運用副詞來表達人物的動作是怎樣進行的，可以令作品更生動和有趣。

46

有些字詞的結尾不是「**ly**」，不過只要它們是用來表達動作是怎樣的，它們都是副詞。

I can run **fast**.

We played **well** today.

I always work **hard**.

You need to hold on **tight**.

讀一讀，記一記

配上副詞，
You smile **gleefully**，
Ride **skilfully**，
Sleep **peacefully**，
真是生動、有趣！

大部分形容詞加上「ly」後能變成副詞。請看看以下粗體字標示的形容詞及其對應的副詞：

Snails are **slow** movers.
They move **slowly**.

Anika is an **elegant** dancer.
She dances **elegantly**.

如果形容詞的結尾是「l」，後面加上「ly」，變化出來的副詞的結尾是「lly」。請看看以下粗體字標示的形容詞及其對應的副詞：

Sam gave me a **cheerful** smile.
He smiled **cheerfully**.

The puppy gave a **playful** bark.
He barked **playfully**.

如果形容詞的結尾是「y」，我們就要把「y」換成「ily」去把它變成副詞。請看看以下粗體字標示的形容詞及其對應的副詞：

The crocodile looked **hungry**.
He looked at me **hungrily**.

We had a **happy** day on the beach.
We played **happily** all day.

地方副詞 Adverbs of place

有些副詞是用來指出事情在哪裏發生的，它們稱為**地方副詞(adverb of place)**。
地方副詞的結尾大都不是「**ly**」。請看看以下粗體字標示的地方副詞：

Pickles,
come **here**!

We can sit **there**.

I've looked
everywhere,
but I can't find
my gloves.

It's raining.
Let's go
indoors.

The dog ran
upstairs.

Can you
skateboard
backwards?

時間副詞 Adverbs of time

有些副詞是用來指出事情是何時發生的，它們稱為**時間副詞**(adverb of time)。
請看看以下粗體字標示的時間副詞：

It's my birthday **today**.

I got some new roller skates **yesterday**.

We're going on holiday **tomorrow**.

I don't want to do my homework **now**. I'll do it **later**!

Badgers **usually** sleep during the day.

She's **always** trying to catch the fish, but she **never** manages to!

放在形容詞前面的副詞 Adverbs before adjectives

副詞的另一個用途，是放在形容詞前面來修飾該形容詞的意思。以下的例子都有 **strong** 這個形容詞，我們來看看加上不同的副詞後，意思上會有什麼變化：

| Dogs are **fairly strong**. | Grizzly bears are **very strong**. | Gorillas are **extremely strong**. | Elephants are **amazingly strong**. |

有些副詞能起了強調或誇大的作用。請看看以下粗體字標示的副詞和形容詞：

This book is **unbelievably exciting**!

The apple was **deliciously sweet**.

有時候，我們會把某些副詞放在句子的開首，以表達我們的意見和想法。

Luckily, I found my mobile phone under my bed.

DO NOT FEED THE MONKEYS! Thank you

Unfortunately, we couldn't feed the monkeys.

51

比較級和最高級 Comparatives and superlatives

當我們要比較不同的人或事物之間的差異時，我們會使用形容詞的**比較級 (comparative)**和**最高級(superlative)**。請看看以下形容詞的原型、比較級和最高級：

heavy   heavier   **heaviest**

expensive

more expensive

most expensive

比較級是用於比較兩個的人或事物。請看看以下粗體字標示的比較級：

A train is **faster** than a bike.

A lion is **more dangerous** than a mouse.

最高級是用來比較三個或以上的人或事物。請看看以下粗體字標示的最高級：

A plane is the **fastest**.

A tiger is the **most dangerous**.

在較短的形容詞後，加上「**er**」就會變成比較級，加上「**est**」就會變成最高級。請看看以下粗體字標示的比較級和最高級：

A camel is **slower** than a gazelle.

A tortoise is the **slowest**.

在較長的形容詞前面，加上單詞 **more** 就會變成比較級，加上單詞 **most** 就會變成最高級。請看看以下粗體字標示的比較級和最高級：

Ice-skating is **more difficult** than riding a scooter.

Walking on a tightrope is the **most difficult**.

Good 和 **bad** 這兩個形容詞的比較級和最高級是不規則變化的，也就是變成了完全不同的形態。請看看以下粗體字標示的形式詞不規則變化：

⭐ a **good** mark

⭐⭐ a **better** mark

⭐⭐⭐ the **best** mark you can get

My sister's socks smell really **bad**.

My dad's socks smell even **worse**.

My brother's socks smell the **worst** of all!

介詞 **Prepositions**

介詞(preposition)是用來連接句子中不同的名詞，並交待名詞之間的關係。大部分介詞都很短小，例如：**on**、**in**、**to**、**with** 等。

我們來看看介詞如何把句子中的名詞和代名詞連接起來。

dog   ball   garden

The dog is playing **with** a ball **in** the garden.

I castle secret passage

I got **into** the castle **through** a secret passage.

astronaut   Moon   rocket

The astronaut flew **to** the Moon **in** a rocket.

Mum cake me birthday

Mum made a **cake** **for** me **on** my birthday.

讀一讀，記一記

Up the ladder and **over** the wall，
Through the door and **along** the hall，
On your skates or **with** a ball，
介詞串串，連接詞語。

位置介詞 Prepositions of place

有些介詞告訴我們事物所在的地方或所朝的方向，它們稱為**位置介詞**
(preposition of place)。請看看以下粗體字標示的位置介詞：

The rabbit is **in** the basket.

The books are **on** the table.

He's diving **under** the water.

Can you find your way **through** the maze?

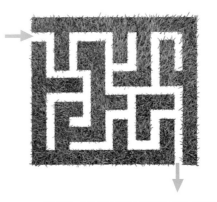

The horse jumped **over** the fence.

The squirrel is running **along** the branch.

時間介詞 Prepositions of time

有些介詞告訴我們事情發生的時間，它們稱為**時間介詞**(preposition of time)。
請看看以下粗體字標示的時間介詞：

We sometimes go camping **in** the summer.

We play music **on** Thursdays.

We don't go to school **at** the weekend.

Bats sleep **during** the day and come out **at** night.

My boots are always clean **before** the game.

We're going swimming **after** lunch.

其他介詞 Other prepositions

名詞和名詞之間的其他各種關係，都是用介詞來表達的。

I tied my hair up **with** ribbons.

We gave some carrots **to** our rabbit.

I love travelling **by** train.

You can't go outside **without** your shoes.

I love books **about** teddy bears.

I'm making a card **for** my grandma.

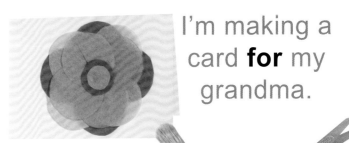

連接詞 Conjunctions

有些句子很簡單，只表達一個意思。如果你想在一個句子裏表達多過一個意思的話，你就要用**連接詞(conjunction)**去連接不同的意思。請看看以下粗體字標示的連接詞如何把兩句句子連起來：

Lions live
in Africa.
They hunt
for food.

Lions live in Africa
and they hunt for food.

Let's go outside.
It's warm and sunny!

Let's go outside **because**
it's warm and sunny!

連接詞所連接的每個意思，我們都稱為**子句(clause)**。請看看以下粗體字標示的連接詞：

We could play tennis
or we could
ride our bikes.

Most animals
look cute **when**
they are young.

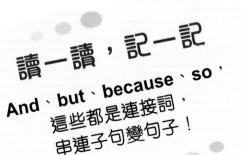

讀一讀，記一記
And、but、because、so，
這些都是連接詞，
串連子句變句子！

58

我們可以用介詞連接句子裏的名詞或代名詞，介詞是置於名詞前面的；而連接詞則有所不同，它是用來連接整句子句的。

I was shivering **with** cold.

介詞　名詞

I was shivering **because** it was cold.

連接詞　子句

You can't play on your tablet **during** lessons.

介詞　名詞

You can't play on your tablet **when** you're in lessons.

連接詞　子句

有些字詞同是介詞和連接詞。請看看以下粗體字標示的介詞和連接詞：

We'll go to the beach **after** lunch.

介詞　名詞

We'll go to the beach **after** we've had lunch.

連接詞　子句

對等連接詞 Coordinating conjunctions

And、**but** 和 **or** 屬於**對等連接詞**(coordinating conjunction)，它們所連接的字詞、片語和子句都是同等重要的。

I got 10 out of 10 in a test **and** I got a star!

子句

Whales live in the oceans **and** they mainly eat fish.

子句

I like tennis, **but** my brother prefers football.

子句

I wanted a kitten, **but** my mum said no!

子句

Shall we play a video game **or** go to the park?

片語

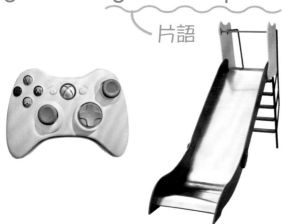

Would you like an apple **or** a banana?

字詞

從屬連接詞 Subordinating conjunctions

對等連接詞以外的連接詞就是**從屬連接詞**(subordinating conjunction)，從屬連接詞是用來把**從屬子句**(subordinate clause)和**主句**(main clause)連接起來。從屬子句的作用通常是交待事情發生的原因，或者是補充資料。請看看以下粗體字標示的從屬連接詞：

You can't go on that ride **because** you're too small.

Tigers only hunt **when** they are hungry.

We've been friends **since** we were three.

You can have some pizza **if** you're hungry.

I felt excited **as** I opened the door.

I love Barney, **although** he is very grumpy-looking!

61

感歎詞 Interjections

感歎詞(interjection)是用來表達想法和感受的字詞，通常我們會大喊出來，或大聲講出這類字詞，因此常常會在後面加上**感歎號(exclamation mark)**。請看看以下粗體字標示的感歎詞：

Hello! We're over here.

Bye! See you later!

Thanks! Can I open it now?

Congratulations! You won!

Shh! Don't make any noise.

Wow! What a strange-looking animal. What is it?

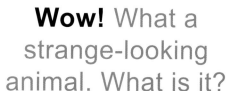

(這是一隻馬來貘！)

感歎詞的主要作用是幫助我們表達感受。

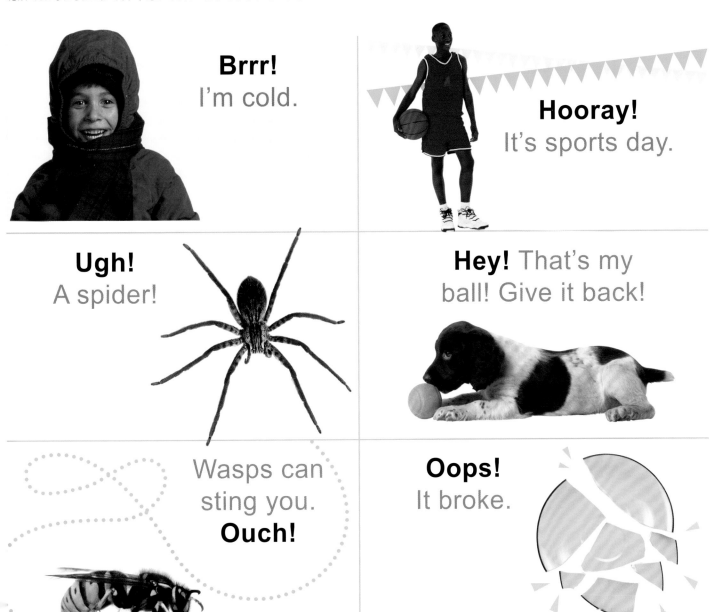

Brrr!
I'm cold.

Hooray!
It's sports day.

Ugh!
A spider!

Hey! That's my
ball! Give it back!

Wasps can
sting you.
Ouch!

Oops!
It broke.

讀一讀，記一記
Hi、Hello，招來注意，
Wow、Hooray，表達興奮！

限定詞 Determiners

名詞所指的是事物、動物和人物，把**限定詞(determiner)**放在名詞前面，就可用來說明所指的名詞是哪一個。

A、**an** 和 **the** 都是限定詞，它們也稱為**冠詞(article)**。請看看以下粗體字標示的限定詞：

It's **a** horse.

Look at **the** penguins!

This、**that**、**these** 和 **those** 也是限定詞。請看看以下粗體字標示的限定詞：

This ice lolly is delicious!

Look at **those** fish!

數目字也是限定詞。請看看以下粗體字標示的限定詞：

I've got **six** pencils.

There are **five** puppies.

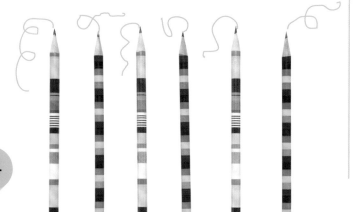

Some、any 和 many 同樣是限定詞，用來概略地指出一些物件，但沒有說明數量是多少。請看看以下粗體字標示的限定詞：

There are **some** tadpoles in the pond.

There aren't **many** clouds in the sky.

有些限定詞告訴我們物件是屬於誰的，它們稱為**物主限定詞(possessive determiner)**，例如：my、your、his、her、its、our、their，分別代表我的、你的/你們的、他的、她的、它/牠的、我們的和他們的。請看看以下粗體字標示的物主限定詞：

My hair is getting quite long.

Their sandcastle is amazing!

形容詞可放在名詞前面來作修飾，這時候限定詞就要放在形容詞前面。

Look at **that little** pony!

限定詞　　形容詞

Do you like **my new** shoes?

限定詞　　形容詞

請閱讀以下的文章，然後回答問題，來測試你對詞類的認識有多少。

It was getting dark, and the animals in the jungle were slowly beginning to stir. The tiger opened one eye, then stretched and yawned lazily. He was feeling hungry, because he hadn't eaten for two days. He looked up at the moonlit sky above. The Moon was small and pale, so there wasn't much light. Yes! It would be a perfect night for hunting!

名詞 Nouns

tiger Moon

請找出文章中的其他名詞。你找到多少個呢？

動詞 Verbs

stretched would be

請找出文章中另外11個動詞。(別忘了 **be** 動詞的不同形態啊！)

代名詞 Pronouns

it

哪個代名詞用來代替了 **tiger** 這個名詞呢？

形容詞 Adjectives

dark hungry

請找出文章中另外4個形容詞。

時態 Tenses

was getting opened

1. 文章中的 **was getting** 和 **were beginning** 是什麼時態？
2. 請找出文章中4個過去式動詞和1個過去完成式動詞？

副詞 Adverbs

slowly only

1. 請找出文章中另外1個狀態副詞。
2. 請找出文章中另外1個地方副詞和1個是時間副詞。

連接詞 Conjunctions

and

1. **And** 是對等連接詞，還是從屬連接詞？
2. 請找出文章中2個從屬連接詞。

介詞 Prepositions

in

請找出文章中另外2個介詞。

限定詞 Determiners

a the much

請找出文章中2個屬於限定詞的數目字。

感歎詞 Interjections

請找出文章中1個感歎詞。

答案

名詞：7個，分別為 animals、jungle、eye、days、sky、light、night。 **動詞**：get、begin、stir、open、yawn、feel、eat、look、was、were、wasn't。 **代名詞**：he。 **形容詞**：moonlit、small、pale、perfect。 **時態**：1. 過去進行式了。 2. 過去式動詞分別為 opened、stretched、yawned、looked，過去完成式動詞則為 hadn't eaten。 **副詞**：1. lazily 2. 地方副詞則為 there，而時間副詞則為 then。 **連接詞**：1. 對等連接詞 2. because、so。 **介詞**：for、at。 **感歎詞**：one、two。 **感歎詞**：Yes!

感歎句
Exclamations

How scary!

"What's in your bag?"
Molly asked me
what was in my bag.

直述句和轉述句
Direct speech and
Reported speech

疑問句
Questions

Do you like
oranges?

祈使句
Commands

句子
Sentences

Giraffes have
long necks.

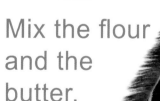

Mix the flour
and the
butter.

陳述句
Statements

Pumpkins are tasty,
and you can also use
them to make lanterns

He fought
bravely.
He fought **with
great courage**.

a small white
dog with a
little orange
collar

句子、片語和子句
Sentences, phrases and clauses

主動句和被動句
Active and
passive sentences

子句
Clauses

we're happy

Noah caught
the ball.

The ball was
caught by Noah.

句子 Sentences

句子(sentence)由一組字詞組合而成，能表達出完整的意思。句子可以用來提供信息或提出問題。句子第一個字詞的首個字母必須是大楷，而且以**句號(full stop)**、**問號(question mark)**或**感歎號(exclamation mark)**作結。

請看看以下的字詞如何組合成一句句子：

Giraffes	Giraffes have	Giraffes have long	Giraffes have long necks.

I want to	I want to travel to	I want to travel to the Moon	I want to travel to the Moon in a rocket.

所有句子都必須包含動詞。如果句子沒有動詞，我們便無法得知發生什麼事。

I football every day.

I **play** football every day.

Snakes along the ground.

Snakes **slither** along the ground.

大部分句子都有一個主語，用來表示動作是由誰施行的。

Cheetahs run fast.

動詞

主語

Beetles scuttle along.

主語　　動詞

賓語是動詞後面的人物或事物，是接收動詞所表達的動作。

主語　　動詞　　賓語

We love maths!

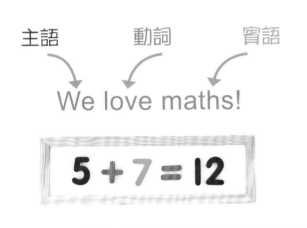

$5 + 7 = 12$

主語　　賓語

I read books.

動詞

Sam is playing chess.

主語　　動詞　　賓語

Sasha is eating a banana.

主語　　動詞　　賓語

陳述句 Statements

句子分成不同類型，其中之一是**陳述句(statement)**，它能提供信息或敘述故事中的情節。陳述句第一個字詞的首個字母必須是大楷，並以句號作結。

以下的句子是陳述句，用以提供信息。

Giant pandas eat bamboo.

Pumpkins are tasty, and you can also use them to make lanterns.

以下的句子是陳述句，用以敘述故事中的一個情節。

The king invited us into the castle for a feast.

Dan looked at the treasure map excitedly.

有時候，我們也可以用感歎號為陳述句作結，以表達較強烈的情緒。

I scored three goals today!

We ran back to the helicopter, but the engine wouldn't start!

問句 Questions

問句(question)是另一種類型的句子，是用來發問的。問句第一個字詞的首個字母必須是大楷，並以問號作結。請看看以下的問句句式：

Is that your guinea pig?

Do you like oranges?

在問句中，我們經常使用到 **Who**、**What**、**Which**、**Where**、**Why**、**How**、**When** 和 **Whose**，分別代表誰、什麼、哪一個、哪裏、為什麼、如何、何時和誰的。請看看以下的問句用了什麼字詞來發問：

What have you got in your lunch box?

Who wants to play basketball with me?

Why are your shoes so dirty?

Where do polar bears live?

醒目提示　　在創作故事的時候，我們可以運用問句來營造懸疑神秘的氣氛，例如：I picked up the old box. What was inside it?

感歎句 **Exclamations**

感歎句(exclamation)是以 **What** 或 **How** 為開首的句子，用來表達強烈的情緒，例如：喜悅、驚喜、憤怒或恐懼。感歎句第一個字詞的首個字母必須是大楷，並以感歎號作結。請看看以下的感歎句句式：

What beautiful flowers!

What big claws it's got!

What an amazing cave!

How scary!

How cute they are!

How delicious that meal looks!

醒目提示 除了感歎句外，我們可以在陳述句後加上感歎號以表達較強烈的情緒，例如：**We drove really fast!** 但這仍是陳述句，不是感歎句，因為感歎句的開首必須是 **What** 或 **How**。

祈使句 Commands

祈使句(command)是用來提出請求或要求的句子。祈使句第一個字詞的首個字母必須是大楷，並以句號或感歎號作結。

有些祈使句是用來給予指示的。請看看以下的祈使句：

Mix the flour and the butter.

Glue the patterned paper onto your picture.

如果大聲地發出指示，或發出命令時，我們會在祈使句後加上感歎號。請看看以下的祈使句：

Be careful!

Sit!

Slow down!

Don't eat all our nuts!

75

名詞片語 Noun phrases

名詞是用來指出事物、動物或人物，例如：**tree**、**tiger** 和 **brother**。而**名詞片語(noun phrase)**是由一組字詞組合而成的，這組字詞都是關於一個核心名詞的，讓大家對該核心事物有更多的認識。

請看看以下的例子，如何由一個名詞 **dog** 擴充成為一組名詞片語，讓大家對這隻小狗有更具體的了解。

a small dog

a small white dog with a little orange collar

a small white dog with a little orange collar and a flowing cape

名詞片語不是句子，它不是以大楷字母為開首的，結尾也沒有句號。它的作用是令名詞的意思更豐富，給予我們更多資料。在一句句子裏，我們可以把名詞片語當作名詞使用。請看看以下粗體字標示的名詞和名詞片語：

We saw **a ship**.

We saw **an old sailing ship with three tall masts**.

醒目提示 在寫作中運用較長的名詞片語，可以使文章的內容更豐富和有趣。

介詞片語 Prepositional phrases

介詞的例子包括：**on**、**in**、**to** 和 **with**。介詞後面一定是名詞或代名詞，介詞加上名詞或代名詞就是**介詞片語**(prepositional phrase)。請看看以下粗體字標示的介詞片語：

There are some fish
in the water.

She slid **down the slide**.

The cat
jumped **onto
my lap**.

I like pizza
**with cheese
and tomato**.

I got a new toy
**for my
birthday**.

I went to
bed **at eleven
o'clock**!

77

狀語 Adverbials

狀語(adverbial)的作用和副詞一樣，都是用來描述事情是怎樣發生、為什麼會發生、何時發生，或者是在哪裏發生。副詞是一個字詞，而狀語則可以是一個字詞或由幾個字詞所組成。

請看看以下粗體字標示的副詞和狀語如何說明事情是**怎樣發生**的：

The rabbit appeared **magically**.
It appeared **as if by magic**.

He fought **bravely**.
He fought **with great courage**.

請看看以下粗體字標示的狀語如何說明事情是在**哪裏發生**的，或者是**何時發生**的：

Kitty's hiding **over there**.
She's hiding **behind the bag**.

It's my birthday **tomorrow**.
It's my birthday **on the tenth of July**.

醒目提示 狀語是用來說明事情的細節，如：如何、何時、為什麼、哪裏。

句首狀語 Fronted adverbials

狀語一般都是放在句子的最後部分。然而，狀語也可以放在句首，以強調或突顯它的重要性，這就是**句首狀語(fronted adverbial)**。請看看以下粗體字標示的句首狀語：

Once upon a time, there was a lion cub called Larry.

Every weekday, we go to school on the bus.

Slowly and cautiously, Tabitha opened the door and went inside.

As quickly as I could, I put on my spacesuit and got ready for my spacewalk.

Finally, it was time to open my presents!

Actually, it's a koala, not a bear!

79

子句 Clauses

動詞用來指出某人或某事的動作或行為，例如：**sing**、**go**、**eat** 和 **play**。**子句 (clause)** 是一組包含了動詞的字詞。請看看以下的子句：

we play indoors

it's snowing

he is happy

I'm going on holiday

有些子句其實也具備成為句子的條件，只要把它的首個字母改為大楷，並在句末加上標點符號（如句號或感歎號），它就是一個句子了。請看看以下的句子：

We're happy.

It's snowing!

我們可以運用**連接詞(conjunction)**，把不同的子句連接在一起，組成一句較長的句子。請看看以下粗體字標示的連接詞：

We play indoors **when** it's snowing.

He is happy **because** he's going on holiday.

把子句組合起來的方式有很多。請看看以下粗體字標示的連接詞：

the magician waved his wand + the prince turned into a frog

The magician waved his wand **and** the prince turned into a frog.

The prince turned into a frog **as soon as** the magician waved his wand.

kangaroos can jump far + they have powerful back legs

Kangaroos can jump far **because** they have powerful back legs.

Kangaroos have powerful back legs **so** they can jump far.

主句 Main clauses

主句(main clause)是一句意思完整的子句，它本身也能獨立成為句子。所有句子都必須有至少一句主句。請看看以下粗體字標示的主句：

I got a kite for my birthday,
so I went to the park.

此部分是主句，它能獨立成為句子。

此部分不是主句，它的意思不完整，沒法獨立成為句子。

I was terrified when I saw the spider.

主句不一定放在句子的開首。請看看以下粗體字標示的主句：

As soon as it was dark,
the badger set off to find food

此部分不是主句。

此部分是主句。

Because it was hot,
we stayed in the shade.

此部分不是主句。

此部分是主句。

醒目提示 要知道一個子句是否主句，就要看它是否能獨立成為一句句子。

我們用連接詞把子句連接起來。**And**、**but** 和 **or** 這幾個連接詞稱為對等連接詞,當我們用這些對等連接詞連接子句時,句子中的子句同樣是主句。請看看以下各句子中以粗體字標示的兩句主句:

It's raining and **I'm happy**!

I like tennis and **I like basketball**.

We opened the chest, but **it was empty**.

I read a book, but **then I lost it**.

Meerkats eat insects or **they sometimes eat snakes' eggs**.

We can play the guitar or **we can bang on the drums**.

從屬子句 Subordinate clauses

從屬子句(subordinate clause)本身不能獨立成為一句意思完整的句子。從屬子句通常都以 after、before、because、as、when、while、if、since 和 although 這些**從屬連接詞**(subordinating conjunction)開首。請看看以下粗體字標示的從屬子句：

I was amazed **when I saw all the presents**.

We'll be late for school **if we don't hurry**!

Charley's excited **because it's time for his walk**.

I always clean my teeth **before I go to bed**.

從屬子句可以放在句子的開首。請看看以下粗體字標示的從屬子句：

Although they are small, bees do a very important job.

While I was waiting, I played a game.

關係子句 Relative clauses

當我們提及某人或某事物的時候，或許想添加一些額外的資料，來表達更豐富的意思。這時候，我們可以運用**關係子句**(relative clause)把這些資料加進一句句子裏。關係子句經常以 **who**、**which** 或 **that** 作開首。請看看以下粗體字標示的關係子句：

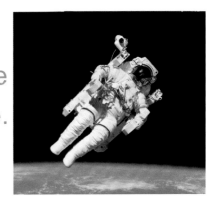

astronauts are people + they go into space

Astronauts are people **who go into space**.

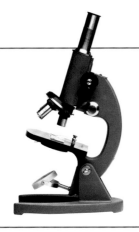

scientists often use microscopes + they make tiny things look bigger

Scientists often use microscopes, **which make tiny things look bigger**.

dinosaurs were huge creatures + they lived millions of years ago

Dinosaurs were huge creatures **that lived millions of years ago**.

我們也可以運用關係子句去提出對所述之事情的看法和意見。請看看以下粗體字標示的關係子句：

I'm going to be in a play, **which is exciting**!

關係代名詞 Relative pronouns

關係代名詞(relative pronoun)的例子包括：**who**、**which**、**that**、**where** 和 **when**。在組織關係子句去為人或事增添資料時，我們可使用這些關係代名詞。

我們用 **who** 去添加有關人物的資料，用 **which** 去添加有關事物的資料。

A magician is a person **who** does magic tricks.

Rhinos live in Africa, **which** is a big continent.

我們用 **that** 去添加有關人物或事物的資料。

The player **that** gets the most counters into the hole is the winner.
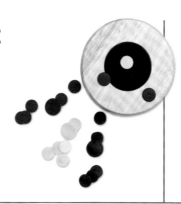

I'm playing on the swing **that** I got for my birthday.

我們用 **where** 去添加有關地方的資料，用 **when** 去添加有關時間的資料。

Small birds try to find a safe place **where** they can nest.

I can remember the day **when** I started school.

我們用 **whose** 來說明事物是屬於誰的。

I played
with Dan,
whose new
trampoline
is amazing!

這是Dan的彈牀，這張
彈牀是屬於他的。

This is Elsie,
whose cat
follows her
everywhere.

這是Elsie的貓，這
隻貓是屬於她的。

當我們所要增潤的對象是動詞後的賓語時，我們可以省去 **who**、**which** 和 **that** 這幾個關係代名詞。請比較以下的例子：

Parrots are birds
that can learn
to talk.

Hello

Parrots 是主語，因為牠們懂得學習說話，是施行動詞的名詞。在這情況下，我們不能省卻 that。

Parrots are birds
~~that~~ you can teach
to talk.

Parrots 是賓語，因為我們可以教牠們說話，是接受動詞的名詞。在這情況下，我們可以省卻 that。

有時，我們會在一些較正規的文體裏使用 **whom**。當我們所增潤的對象是動詞後的賓語時，我們就會用 whom。請比較以下的例子：

Max is the one **who** loves me true.

在此關係子句中的 Max是主語，即Max loves me。

Max is the one **whom** I love too!

在此關係子句中的 Max是賓語，即I love Max。

醒目提示 我們不能省略 **where**、**when** 或 **whose** 這幾個關係代名詞。

主動句和被動句 Active and passive sentences

在**主動句(active sentence)**中，施行動詞的名詞會放在句子的開首。如果我們把次序換一換，把接受動詞的名詞放在句子的開首，那就變成了**被動句(passive sentence)**。

這是主動句。請看看以下粗體字標示施行動詞的名詞：

Noah caught the ball.

這是被動句。請看看以下粗體字標示接受動詞的名詞：

The ball was caught by Noah.

留意被動句的動詞必須遵循特定的變化。請看看以下粗體字標示的主動句和被動句的動詞：

My sister **made** these cakes.

These cakes **were made** by my sister.

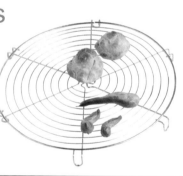

讀一讀，記一記

主動句和被動句很簡單，
只要記着：
You eat the apple or
the apple is eaten by you!

當我們不知道動作是由誰去施行的時候，我們通常會使用被動句。請看看以下粗體字標示的被動句的動詞：

Some jewels **were stolen** from the castle last night.

My jumper **was made** in America.

如果我們想把說話的焦點放在事情本身，而不是由誰去施行動作的話，我們也可以使用被動句。請看看以下粗體字標示的被動句所強調的部分：

My boots **have been cleaned**!

Her fur **has been clipped**.

在被動句中，我們會用 **by** 來表示誰是施行動作的人。請看看以下粗體字標示的施行動作的人：

These paw prints were made **by a dog**.

The first practical telephone was invented **by Alexander Graham Bell**.

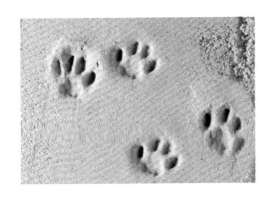

直述句 Direct speech

在故事裏，我們常常會寫出角色之間的對話。**直述句**(direct speech)就是把人物所說的話原原本本地記錄下來。我們要在引述的話語上加添**引號**(inverted commas，又稱speech marks)。請看看以下的直述句：

"Let's go and find the treasure."

"Look, there's a rainbow!"

 "Is there anyone in there?"

"Go away!"

"There's a shark in the water!"

"It's a secret."

醒目提示 當我們寫直述句時，可多用不同類型的動詞去代替 said，例如：**cried**、**shouted**、**whispered** 和 **screamed**，使對話更生動傳神。

轉述句 Reported speech

當我們要演繹別人的話語時，我們會用**轉述句(reported speech)**。我們不會把人物所說的話一字不漏地直接記錄，也不會加引號。

以下是直述句：

以下是轉述句：

"I'm cold."

Beth said that
she was cold.

"What's in
your bag?"

Molly asked me
what was in
my bag.

"The bouncy
castle is
amazing!"

Anthony said
that the bouncy
castle was
amazing.

"Where has the
hamster gone?"

Oliver asked
where the hamster
had gone.

由直述句變成轉述句 Direct to reported speech

當我們把直述句變為轉述句時，我們要在一些字詞上作出改動。如果直述句的時態是現在式，轉述句就要用過去式。請看看以下粗體字標示的直述句和轉述句的時態變化：

"I **am** hungry."

Krishna said that she **was** hungry.

"The water **is** lovely and warm."

Jayla said that the water **was** lovely and warm.

"The cat **has hurt** his paw."

Poppy said that the cat **had hurt** his paw.

"I **will beat** Harry at chess."

Ali said that he **would beat** Harry at chess.

把直述句變為轉述句時，要注意代名詞如 **I**、**he**、**she** 等的轉換。

"**I** love pasta."

Emily said that **she** loved pasta.

"**We** are making cakes."

Daisy and Lucas said that **they** were making cakes.

寫作時，我們可以多用不同的**引述動詞**(reporting verb)去轉述別人的話語，令句子更生動活潑。

以下是一些轉述句常用的動詞。

"Fetch!"

Maria **ordered** the dog to fetch the ball.

"Would you like to come to my party?"

Sophie **invited** me to her party.

"It wasn't me."

Jack **denied** breaking the cup.

"I'll tidy up later."

Liam **promised** to tidy up later.

"Let's go to the beach."

Mia **suggested** going to the beach.

"I don't want to go to bed!"

Tim **refused** to go to bed.

句子小測驗 Sentences quiz

請閱讀以下的故事，然後回答問題，
來測試你對句子的認識有多少。

Trembling with fear, I approached the wizard's door, which was huge and black. I couldn't turn back now. I lifted the ancient brass knocker and knocked three times. After a while, the door was pulled open. In front of me stood a small, friendly looking boy. I was taken aback, because I was expecting the wizard. "Who are you?" I asked. "I'm Tom, the wizard's assistant," he replied. "How nice to see you! Come in. The wizard's expecting you."

句子 Sentences

I couldn't turn back now.

1. 以上的句子屬於什麼類型呢？陳述句、問句、感歎句，還是祈使句？
2. 以上的句子裏有多少句子句？
3. 請找出故事中的1句問句、1句感歎句和1句祈使句。

trembling with fear

1. 請找出故事中另外2組狀語。
2. 哪2組是句首狀語呢？

名詞片語 Noun phrases

the ancient
brass knocker

請找出故事中另外
1組名詞片語。

主句 Main clauses

I approached the wizard's
door

請找出故事中另外3句主句。

從屬子句 Subordinate clauses

because I was expecting the wizard

1. 在以上的句子裏，哪一個是連接詞？
2. 請找出故事中的1句關係子句。

被動句 Passive sentences

the door was pulled
open

是誰把門拉開了？

直述句 Direct speech

"Who are you?" I asked.

請找出故事中另外2句由 **Tom**
說的直述句。

句子：1. 陳述句 2.一句 3. Who are you? How nice to see you! Come in. 名詞片語：a
small, friendly looking boy 狀語：1. three times, after a while 2. trembling with fear, after a
while 主句：I lifted the ancient brass knocker; I was taken aback; the door was pulled
open 從屬子句：1. because 2. which was huge and black; 被動句：the boy; 直述句："I'm
Tom, the wizard's assistant,"; "How nice to see you! Come in. The wizard's expecting you."

!

What a scary dinosaur!

,

The balloons are red, yellow, green and blue.

.

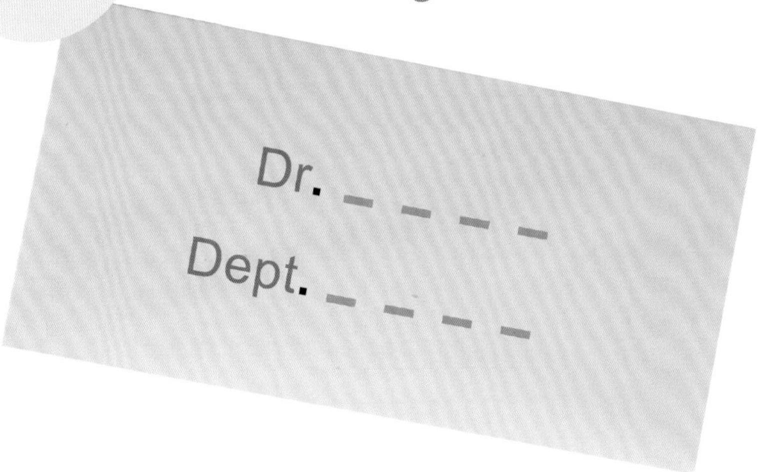

Dr. _ _ _ _ _

Dept. _ _ _ _ _

,

Let's play cards.

?

Can you ride a bike?

For my birthday, I had a chocolate cake – which is my favourite – and lots of other lovely food!

—

;

's

Look at the princess**'s** beautiful dress.

I love flying my kite; it goes really high!

標點符號 Punctuation

Sam said, "Look at this map."

This car is really fast: it can travel at 240 km per hour.

:

"b"

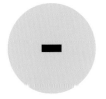

-

a double-decker bus

大楷字母 Capital letters

A

句子的開首一定是**大楷字母(capital letter)**。句首的大楷字母讓我們知道這是一句新的句子。

We had our sports day last week. **I**t was fun. **E**veryone enjoyed it.

人名和地名的第一個字母必定是大楷。請看看以下的人名和地名：

Meet my brother **J**oe and my sister **A**lice. We were born in **N**ew **Y**ork **C**ity in the **USA**, but we now live in **S**ydney, **A**ustralia.

書名和電影名也要用大楷字母，但不是每一個字詞的首個字母都要用大楷，例如：and 和 the 的字首便不必用大楷。請看看以下的書名：

I'm reading *Charlie and the **C**hocolate **F**actory*.

月份和一周七天的名稱的首個字母都要用大楷。請看看以下的月份和一周七天的名稱：

My birthday is on 12th **S**eptember. This year, it's on a **S**aturday.

September						
S	M	T	W	T	F	S
		1	2	3	4	5
6	7	8	9	10	11	12
13	14	15	16	17	18	19
20	21	22	23	24	25	26
27	28	29	30			

當我們使用代名詞 I 來指自己時，任何情況下都是用大楷字母。請看看以下以粗體字標示的代名詞 I：

I climbed into the canoe and **I** started to paddle down the river.

句號 Full stops

我們把**句號(full stop)**放在句子的最後來表示句子結束。
句號之後，就是新句子的開始，別忘了新句子的首個字母
要用大楷。請看看以下句子之間的句號：

This is an African elephant**.**
It has a long trunk and big ears**.**
It eats grass, leaves and
other vegetation**.**

You can make really **long sentences** when
you write stories by adding lots of exciting
adjectives and **adverbs** to describe exactly
what is happening, but in the end there
always has to be a full **STOP**.

我們可以透過加入形容詞和副詞，寫出長長的句子來豐富我們所寫的故事或
準確地表達我們想說的事情。然而，無論句子有多長，句子的結尾總是句號。

句號也有其他用途，例如放在縮寫字詞的結尾。不過，在縮寫字詞後面不加句號也是
可以的。請看看以下的縮寫字詞：

Dr**.** stands for "Doctor"
e**.g.** stands for "for example"
dept**.** stands for "department"
D**.**C**.**, in Washington D**.**C**.**, stands for "District of Columbia"

問號 Question marks

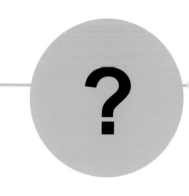

當我們提出問題的時候，就要在問句的結尾用**問號** (question mark)。請看看以下粗體字標示的問號：

Can you ride a bike**?**

Who made these biscuits**?**

How many oranges are there**?**

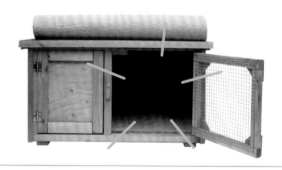

Where is your rabbit**?**

問號之後，就是新句子的開始，別忘了新句子的首個字母要用大楷。請看看以下句子之間的問號：

I looked at the old wooden chest. Who did it belong to**?** What was inside it**?** There was only one way to find out.

感歎號 Exclamation marks

感歎號(exclamation mark)可以放在句子的結尾來取代句號。感歎號加強了句子要表達的語氣,表現出驚訝、高興、憤怒或恐懼的感受。當句子的語氣是人物在高聲叫喊的時候,也要用感歎號來表現。請看看以下粗體字標示的感歎號:

Go away**!**

What a scary dinosaur**!**

感歎號之後,就是新句子的開始,別忘了新句子的首個字母要用大楷。請看看以下句子之間的感歎號:

We won the competition**!** We were the champions.

What a cute kitten**!** Can we take her home?

醒目提示 感歎號是不能濫用的。偶然使用它,才能把強烈的情緒凸顯起來。

101

逗號 Commas

逗號(comma)用來把列舉的事物分隔開來。在列舉連串事物的時候，最後兩項通常是用 **and** 或 **or** 來連接的，逗號一般都不會出現在 and 或 or 之前。請看看以下粗體字標示的逗號：

The balloons are red, yellow, green and blue.

You can have an apple, an orange, a banana or some grapes.

逗號也可以用來把句子裏的子句分隔開來。逗號把句子中的不同意思分開，使句子更容易閱讀。請看看以下子句之間的逗號：

I'm older than Joaquin, but he's taller than me.

Owls are nocturnal, so they come out at night.

逗號還有另一個用途：當我們要在一個句子中加添額外資料時，我們可以在該資料之前和之後加上逗號，以作區分。請看看以下額外資料前和後的逗號：

Jake, who is in my class, is really good at roller-skating.

Young bears, which are born in the winter, have to learn to find food.

當在人物或動物的名稱的前或後加上逗號，以表示某人正跟該人物或動物說話，或正在呼喊該人物或動物。請看看以下人物和動物前或後的逗號：

Come here, Winston!

Mum, can I go on that ride?

名詞前面如果用了兩個形容詞的話，可以用逗號去分隔開這些形容詞。請看看以下形容詞之間的逗號：

She's got long, curly hair.

Peacocks have large, colourful tails.

當使用副詞或狀語去作為句子的開首時，就要在主句開始前加上逗號。請看看以下副詞和狀語之前的逗號：

Luckily, I still had the magic ring.

Once upon a time, there was a beautiful princess.

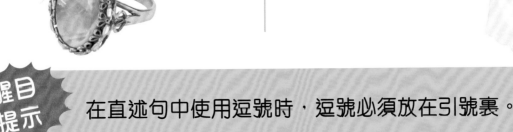

醒目提示　在直述句中使用逗號時，逗號必須放在引號裏。

撇號 Apostrophes

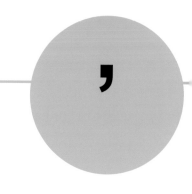

當我們要把兩個字詞縮寫成一個字詞時，就會用上**撇號** (apostrophe)，例如：**do not** 的縮寫是 **don't**，中間的撇號取代了被省略的字母。請看看以下粗體字標示的縮讀字：

Guinea pigs **don't** eat meat.
← do not

We've got a new car.
← we have

She's a very good dancer.
← she is

It **isn't** raining now.
← is not

有一些我們常用的字詞，其實是縮讀字。從前，這些字詞是分開來寫的，隨着時間過去，人們都習慣用縮讀字，就不再用原來的字詞了。請看看以下慣用的縮讀字：

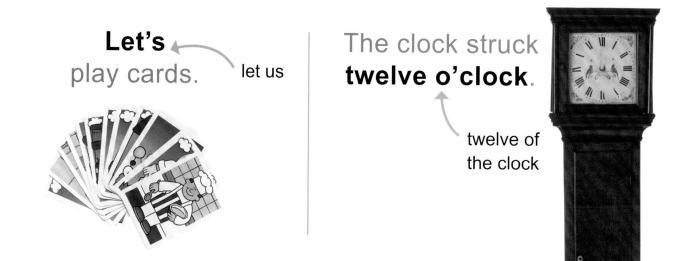

Let's play cards.
← let us

The clock struck **twelve o'clock**.
← twelve of the clock

物主撇號 Possessive apostrophes

's

物主撇號(possessive apostrophe)的寫法是撇號再加上「**s**」，用來表示物件是屬於誰的。

我們可以在人名或名詞之後加上物主撇號。請看看以下粗體字標示的物主撇號：

These are Olivia**'s** shoes.

Those are my dad**'s** glasses.

如果該字詞是以「**s**」為結尾的複數名詞，便只需要加上撇號，不需再加「**s**」。請看看以下物主撇號的變化：

The chick**'s** feathers are yellow.

The chick**s'** feathers are yellow.

如果該字詞是以「**ss**」作結尾的單數名詞，或者是以「**s**」作結尾的名稱，就要加上撇號和「**s**」。請看看以下粗體字標示的物主撇號：

Look at the princess**'s** beautiful dress.

James**'s** new train set is amazing!

Its 或 it's Its or it's

Its 是沒有撇號的，用來表示物件是屬於哪隻動物或事物的。請看看以下粗體字標示的 its：

The dog is wagging **its** tail.

The baby monkey stays close to **its** mother.

The baby snake is coming out of **its** shell.

The bird is sitting on **its** eggs in **its** nest.

This bucket has lost **its** handle.

I can't play this now because **its** strings are broken.

It's 則是 **it is** 或 **it has** 的縮讀字，當中的撇號取替了沒寫出來的字母。請看看以下粗體字標示的縮讀字：

Look! **It's** a starfish!

it is

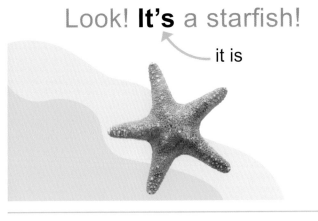

It's raining!

it is

Where's the rabbit?
It's in the hat!

it is

Where is my scarf?
It's disappeared!

it has

This is my new coat.
It's got wooden toggles.

it has

讀一讀，記一記

It 加上撇號和「s」，
變成 It's，
是一個縮讀字；
It 加上「s」，
變成 Its，
是一個物主限定詞。

括號 Brackets

在句子中，如果我們要添加一些額外的資料，就會用**括號 (brackets)**把這些額外的文字包圍起來。括號裏的文字不會影響句子的完整性，也就是說，括號以外的文字是一句結構和意思均完整的句子。

以下的例子展示如何在原本的句子中添加額外的資料。請看看以下粗體字標示的括號和當中的額外資料：

We saw a deer in the forest.

We saw a deer **(**and lots of rabbits**)** in the forest.

My new kitten is really cute.

My new kitten **(**white with pink paws**)** is really cute.

當我們在講故事的時候，可用括號去加入自己的看法。請看看以下粗體字標示的括號和當中的個人看法：

For dinner, we had spaghetti **(**which is my favourite**)**.

We played on Sophie's new trampoline **(**which was amazing**)**.

醒目提示　除了括號，你還可以用逗號和破折號去添加額外的資料。

引號 Inverted commas

我們經常要引述別人的話語。當我們想直接寫出別人所說的話時，就要用**引號 (inverted commas，又稱 speech marks)**。

引號裏的第一個字詞必須是大楷字母，我們可以在引述說話之前或之後交待是誰在說話。請看看以下粗體字標示的引號：

Sam said, **"**Look at this map.**"**
"Look at this map,**"** Sam said.

在以下的例子中，我們在引述說話之前交待了是誰在說話，並在引號之前加上逗號。引號裏的話語的首個字母必須用大楷，而結尾則加上句號、問號或感歎號，句末的標點符號必須放在引號裏。

Mum asked, **"**What are you doing?**"**
Lucy said, **"**I'm building a house.**"**

如果我們在引述說話之後才交待是誰在說話的話，規則就跟以上有點不同了。引號裏的首個字母仍然是大楷，而結尾可以用逗號、問號或感歎號，但不可以用句號。

"What are you doing?**"** Mum asked.
"I'm building a house,**"** Lucy said.

破折號 Dashes

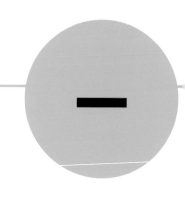

破折號**(dash)**是用來把句子中的一部分和其餘部分分隔開來的，通常放在句末，用來添加個人的意見或看法。請看看以下破折號及緊隨其後的個人意見或看法：

We were feeling quite cheerful and enjoying the picnic – until it started to rain!

Patch finally came home two hours later – very wet and muddy!

I got a mini helicopter for my birthday – it's amazing!

Tara's got a pet hamster – it's so cute!

除了括號和逗號，你還可以用破折號去添加額外的資料。請看看以下破折號之間的額外資料：

I can play *Happy Birthday to You* – and a few other tunes – on the keyboard.

For my birthday, I had a chocolate cake – which is my favourite – and lots of other lovely food!

連字號 Hyphens

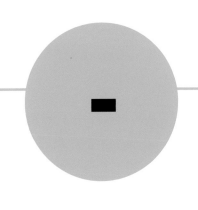

連字號**(hyphen)**比破折號為短，用來把多個字詞連在一起，構成一個豐富且意思鮮明的字詞。請看看以下以連字號串連起來的字詞：

a double-decker bus

a seven-year-old boy

a long-haired guinea pig

a man-eating shark

我們還可以運用連字號，配搭出獨特的字詞。請看看以下以連字號串連起來的獨特字詞：

a dinosaur with huge, bone-crushing teeth

This is my special ghost-hunting torch.

 醒目提示　英語的數目字也會使用連字號，例如：**twenty-three**、**thirty-five** 或 **ninety-nine**。

111

冒號 Colons

冒號(colon)用來列舉事項，也可以用來把兩組意思完整的文字連接成一句句子。

以下的例子使用冒號來列舉事項：

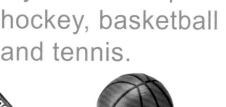

My favourite sports are: hockey, basketball and tennis.

To go camping, you need: a tent, a stove for cooking and a sleeping bag.

These are my friends: Ellie, Rohan and Sarah.

I've got three pets: a hamster, a guinea pig and a new kitten.

  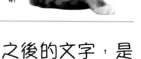

以下的例子使用冒號來把兩組意思完整的文字連接成一句句子。冒號之後的文字，是用來進一步闡釋冒號之前的文字的。

Lions are predators: they hunt and kill other animals for food.

This car is really fast: it can travel at 240 km per hour.

醒目提示 冒號之後的字詞不能以大楷字母作開首，除非那是一個專有名詞。

112

分號 Semi-colons

分號(semi-colon)是用來把兩組意思完整的文字連接成一句句子，以顯出這兩組文字之間的緊密聯繫。除非分號後面的字詞是專有名詞，否則不能以大楷字母作開首。請看看以下以分號連起來的句子：

There are lots of monkeys in the safari park; there are elephants and giraffes, too.

I love flying my kite; it goes really high!

My uncle can make animals out of balloons; he's going to teach me how to do it.

I've never been on a plane before; I'm really excited!

除了逗號之外，我們還可以用分號去把列出的事項分隔開來，尤其是所列舉的事項較為複雜，而且要用上較多的文字的時候，用分號會比較合適。請看看以下使用分號來列舉事項的例子：

To make your monster mask, you will need: a large piece of plain card; paints and brushes; a small pot of glitter; scissors and glue.

省略號 Ellipses

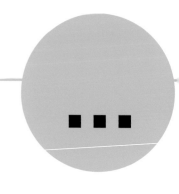

有別於中文的省略號(……)，英語的**省略號(ellipsis)**由三個小圓點組成，用來表示句子還未完結。我們通常用省略號來表示還未講完的話語。

省略號還可用來表達出緊張、懸疑的氣氛。請看看以下省略號所表達的氣氛：

With my heart thumping in my chest, I gradually climbed up the steps towards the castle **...**

I found William's bike and helmet in the park, but there was no sign of him. Something was wrong **...**

省略號亦可以用來表示人們說話時所作的停頓或猶豫。請看看以下省略號所表達的停頓或猶豫：

"We've got water and some fruit, so **...** what else do we need for our picnic?"

"I found this key in the shed, but **...** I don't think it's the right one."

當我們在列出數字時，也可以用省略號去表示中間的數字，那我們就不用累贅地寫出所有數字了。

1, 2, 3 ... 10

10, 20, 30 ... 100

項目符號 Bullet points

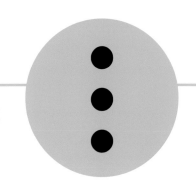

項目符號(bullet points)幫助我們清晰地組織要列舉的事項。在列出事項之前,我們要先放冒號。請看看以下的冒號和項目符號:

My packing list:
- clothes
- mask and snorkel
- flip flops
- games

Things to do:
- tidy my room
- write party invitations
- do homework
- go ice-skating (Hooray!)

如果我們列舉的事項要用完整句子來表達的話,就要以大楷字母作開首,並加上句號。

Reasons to get a puppy:
- I will enjoy taking it for walks.
- It will be fun to play with.
- I will learn how to look after an animal.

Some advantages of technology:
- You can message people.
- You can learn things on the Internet.
- You can play games.

醒目提示 項目符號不一定是小圓點,它們的形狀可以千變萬化,例如:星星形狀。

請閱讀以下的故事，然後回答問題，來測試你對標點符號的認識有多少。

Ben and I called Detective Brown and then stayed close behind as he and his partner followed the robbers back to their house (a small house near the park). As we watched from a distance, we saw that the robbers were inside, and were taking things out of their large, black bag: money, jewellery and expensive-looking watches – all the things they had stolen earlier. Suddenly, Ben gasped. "What's the matter?" I asked. "Look," he whispered. "There! That's Grandma's purse!" We looked at each other and smiled; we couldn't wait to see Grandma's face when we told her we'd found her purse ...

大楷字母 Capital letters **A**

As   Suddenly

1. 為什麼以上2個字詞的開首是大楷字母？
2. 請找出故事中4個用大楷字母的人物角色？

引號 Inverted commas "b"

"What's the matter?"

以上的引號表示什麼呢？

問號 Question marks ?

What's the matter?

以上的問號應該放在引號裏面還是外面呢？

感歎號 Exclamation marks !

That's Grandma's purse!

以上的句子為何使用感歎號呢？

句號 Full stops

·

... I asked.

1. 請找出故事中的其他句號。你找到多少個呢？
2. 以上故事的結尾沒有使用句號，那用了什麼標點符號呢？這標點符號表達了什麼？

逗號 Commas

,

As we watched from a safe distance, we ...

1. 以上的句子中的逗號把什麼分隔開來呢？
2. 請找出故事中1個用來列舉事項的逗號。
3. 請找出故事中1個用來把兩個形容詞分隔開來的逗號。

冒號 Colons

:

they started taking things out of their bag: money, jewellery and expensive-looking watches

以上的冒號列舉了什麼呢？

括號 Brackets

(b)

(a small house near the park)

以上為何使用括號呢？

撇號 Apostrophes

's

What's the matter?

1. 以上句子中的撇號代替了什麼？
2. 請找出故事中2個物主撇號。

連字號和破折號
Hyphens and dashes

-

expensive-looking

1. 以上為何使用連字號呢？
2. 請找出故事中1個破折號。它比連字號較長還是較短呢？
3. 這個破折號有什麼作用呢？

寫作小提示

請閱讀以下的故事和寫作小提示，看看如何正確地運用文法和標點符號去改善你的寫作技巧。

As quickly as we could, we climbed into the rowing boat and rowed ashore. We dragged the boat ashore and tied it securely to a tree. We knew we didn't have long. The pirates had gone back to their ship for supplies, but they would be back soon. Annie took the map out of her pocket and pointed to some large, jagged rocks in the distance. "Over there," she said excitedly. "That's where the treasure's buried!"

連接詞 Conjunctions

運用連接詞去連接子句，幫助你寫出更長的句子。
The pirates had gone back to their ship for supplies, **but** they would be back soon.

描述性的名詞片語 Descriptive noun phrases

運用描述性的名詞片語去修飾名詞，寫出更仔細的描述。
some large, jagged rocks in the distance

過去完成式 Past perfect

使用過去完成式來敘述較早之前發生的事。
The pirates **had gone** back to their ship

代名詞 Pronouns

使用代名詞，避免經常重複相同的名詞。
We dragged the boat ashore and tied **it** securely to a tree.

直述句 Direct speech

使用直述句時，要注意標點符號的正確位置。
"Over there," she said excitedly.

形容詞和副詞 Adjectives and adverbs

多使用有趣生動的形容詞和副詞。
jagged, securely, excitedly

狀語 Adverbials

把狀語放在句首有助強調語氣，並使它的意思更突出。
As quickly as we could, we climbed into the rowing boat

感歎號 Exclamation marks

感歎號能營造緊張刺激的氣氛，但千萬別濫用！
That's where the treasure's buried**!**

常見的文法錯誤

我們在寫作時，一不小心，就會用錯了文法。現在一起來看看一些常見的文法錯誤。

It's 是 **it is** 或 **it has** 的縮讀字。**Its** 是物主限定詞，用來指出物件屬於某動物或某事物的。

☑ Look, **it's** a polar bear.

☒ Look, **its** a polar bear.

☑ This monkey is using **its** tail to hold on!

☒ This monkey is using **it's** tail to hold on!

They're 是 **they are** 的縮讀字。**There** 是用來指出地方的。**Their** 則是用來指出物件是屬於他們的。

☑ Look at the ducks. **They're** swimming on the lake. They use **their** feet to paddle.

☒ Look at the ducks. **There** swimming on the lake. They use **they're** feet to paddle.

☑ **There** are some conkers over **there**.

☒ **They're** are some conkers over **their**.

We're 是 **we are** 的縮讀字。**Were** 是 **be** 過去式的形態。

☑ Yesterday we **were** at school.

☒ Yesterday we **we're** at school.

☑ **We're** on holiday now!

☒ **Were** on holiday now!

Who's 是 **who is** 或 **who has** 的縮讀字。**Whose** 是用來提問物件是屬於誰的。

☑ **Who's** coming to your party?

☒ **Whose** coming to your party?

☑ **Whose** shoes are these?

☒ **Who's** shoes are these?

What 是用來提問物件是什麼。**That** 是用於關係子句的。

What are those? Are they lychees?

☑ This is a fruit salad **that** I made.

☒ This is a fruit salad **what** I made.

You're 是 **you are** 的縮讀字。**Your** 是用來說明事物是屬於你的/你們的。

☑ **You're** good at drawing.

☒ **Your** good at drawing.

☑ Are these **your** pencils?

☒ Are these **you're** pencils?

He's 是 **he is** 或 **he has** 的縮讀字。**His** 是用來說明物件是屬於他的。

☑ **He's** my brother.

☒ **His** my brother.

Dan is riding **his** new bike.

常見的標點符號錯誤

標點符號也要小心運用，不然，很容易會出錯的啊。現在一起來看看一些常見的標點符號錯誤。

句子和專有名詞的首個字母必須是大楷，代名詞 I 也必須是大楷字母。

☑ **G**iraffes live in **A**frica.

☒ **g**iraffes live in **a**frica.

☑ This is a present **I** bought for **A**rjun.

☒ This is a present **i** bought for **a**rjun.

冒號或分號之後不能用大楷字母，除非那是專有名詞或代名詞 I。

☑ He showed me what was in his pencil case: **p**encils, pens and a rubber.

☒ He showed me what was in his pencil case: **P**encils, pens and a rubber.

☑ Our dog is always muddy; **s**he loves playing in the garden!

☒ Our dog is always muddy; **S**he loves playing in the garden!

物主撇號是用來表示物主是誰，記着要放在正確的位置。

單數名詞

☑ my brother**'s** trainers

☒ my brother**s'** trainers

複數名詞

☑ my brother**s'** trainers

☒ my brother**'s** trainers

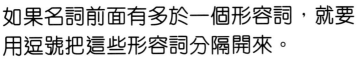

如果名詞前面有多於一個形容詞，就要用逗號把這些形容詞分隔開來。

☑ a beautiful, colourful bird

☒ a beautiful colourful bird

☑ a huge, terrifying dinosaur

☒ a huge terrifying dinosaur

直述句的首個字母必須是大楷，也別忘記要在最後加上標點符號，最後才加上引號。

☑ "Let's play on the swings," Zara said.

☒ "Let's play on the swings", Zara said.

☑ "This is fun!" Charlie shouted.

☒ "This is fun"! Charlie shouted.

我們可以用括號來添加額外資料。一般來說，句號要放在括號之外。但是，如果括號裏是一句完整句子的話，句號就要放在括號裏。

☑ I love those shoes (the red ones).

☒ I love those shoes (the red ones.)

☑ I've always wanted a hamster. (My mum has always refused to buy me one.)

☒ I've always wanted a hamster. (My mum has always refused to buy me one).

詞彙表

 A

abstract noun 抽象名詞　是名詞的一種，用來指出一些感受或概念。例子：*anger, happiness, fear*

adjective 形容詞　用來描述名詞。例子：*tall, clever, beautiful, green, happy*

adverb 副詞　用來表達動作是如何發生、何時發生，或者是在哪裏發生的。例子：*quickly, slowly, soon, now, then, here, there*

adverbial 狀語　可以是一個字詞，或由多個字詞組合而成。狀語的作用和副詞一樣，用來表達動作是如何發生、何時發生，或者是在哪裏發生的。例子：*after a while, all at once, on the fifth of June, over there, as quickly as I could*

adverb of manner 狀態副詞　是副詞的一種，用來表達動作是如何進行的。例子：*carefully, dangerously, immediately, badly, well*

adverb of place 地方副詞　是副詞的一種，用來指出事情是在哪裏發生的。例子：*here, there, everywhere, indoors, upstairs*

adverb of time 時間副詞　是副詞的一種，用來指出事情是何時發生的。例子：*today, yesterday, now, later*

apostrophe 撇號　是標點符號的一種，用來省略字母或表示物主誰屬。例子：*there's, she's, it's, Jack's*

auxiliary verb 助動詞　是動詞的一種，用來建構不同的時態。例子：*We are playing. We have finished. I don't like cheese.*

 B

brackets 括號　是標點符號的一種，把句子中額外添加的資料分隔開來。例子：*I went to the park with George (he's my best friend) and Chloe.*

bullet points 項目符號　是標點符號的一種，用來列舉事項。

 C

capital letter 大楷字母　句子的開首必須用大楷字母，專有名詞的開首也要用大楷字母。

clause 子句　是一組包含了動詞的字詞。例子：*I live in London, that's my dog*

collective noun 集合名詞　是名詞的一種，用來指出一羣動物、一羣人，或者一組物件。例子：*a flock of sheep, a crowd of people*

colon 冒號　是標點符號的一種，用來列舉事項。例子：*I love sports: tennis, football, basketball and hockey.*

comma 逗號　是標點符號的一種，用來分隔子句、分隔列舉出來的事項，以及分隔形容詞。例子：*We finished our food, then we went home. I'm going to invite Sam, Anna and Toby. We found an old, wooden chest.*

command 祈使句　是用來提出指示或請求的句子。例子：*Sit down! Come here.*

comparative 比較級　是形容詞的一種形態，用來比較兩個人或事物。例子：*taller, bigger, more important, better, worse*

compound noun 複合名詞 是名詞的一種，由兩個名詞組成。例子：*toothbrush, fingernail*

conjunction 連接詞 用來連接子句。例子：*and, but, so, because*

coordinating conjunction 對等連接詞 用來把兩個主句連接起來。例子：*and, but, or*

D

dash 破折號 是標點符號的一種，用來把句子的一部分和其餘部分分隔開來。例子：*Sophie looked really happy — I don't know why!*

determiner 限定詞 放在名詞之前，用來指出所提及的名詞是哪一個。例子：*this, that, my, your, one, two*

direct speech 直述句 把別人的說話原原本本地引述出來。例子：*"Stop!" she shouted.*

E

ellipsis 省略號 是標點符號的一種，表示句子還未完結。例子：*There was no time to lose…*

exclamation 感歎句 以**How** 或**What**作開首的句子，用來表達強烈的感受。例子：*How amazing! What a strange animal!*

exclamation mark 感歎號 是標點符號的一種，放在感歎句或句子後，用來表達興奮、驚喜或憤怒的情緒，或用來表達呼喊的話語。例子：*Look — a ghost! Go away!*

F

fronted adverbial 句首狀語 放在句子開首的狀語，突出狀語所表達的意思。例子：*All at once, the door flew open. Once upon a time, there was a beautiful princess.*

full stop 句號 是標點符號的一種，用以表示句子的結束。例子：*My name's Adam.*

future tense 將來式 是動詞的一種形態，表示事情將會發生。例子：*I will go to school tomorrow. I may invite some friends for tea. We're going to build a sandcastle.*

G

grammar 文法 把字詞組合成有意義的文字的一套法則。

H

helping verb 是auxiliary verb助動詞的別稱。

hyphen 連字號 是標點符號的一種，用來把多個字詞連在一起。例子：*a three-eyed monster, a ten-year-old boy, a dark-haired girl*

I

infinitive 不定詞 是動詞最原始的形態，是還沒因為時態而改變的動詞。例子：*make, sing, go*

interjection 感歎詞 用來表達想法和感受的字詞，可獨立成句。例子：*Wow! Hello. Hooray.*

inverted commas 引號 是標點符號的一種，放在直述句的外圍。例子：*" I'm sorry," he said.*

main clause 主句　是句子中表達主要意思的子句，可獨立成句。例子：*Dan was happy because there was no school. The film was finished, so we went home.*

modal verb 情態動詞　是動詞的一種，放在不定式動詞前面，用來表示該動作的可能性、可行性或必要性。例子：*will, might, may, can, could, should, must*

noun 名詞　是代指事物、動物或人物的詞語。例子：*ball, apple, dog, horse, brother*

noun phrase 名詞片語　由一組以名詞為核心的字詞，作用相等於名詞。例子：*an old man, a black dog with white paws*

object 賓語　接受動作(動詞)的人或物。例子：*I hit the ball. She ate an apple.*

P

part of speech 詞類　詞語的分類，例如：名詞、動詞、形容詞、副詞、限定詞等。

passive 被動式　是動詞的一種形態，接受動詞的名詞是放在動詞前面的。例子：*All the food was eaten. The money was stolen from the bank.*

past perfect 過去完成式　是動詞的一種形態，表示在較早時發生了的事情。例子：*My friends had warned me not to get involved. Someone had eaten all the cake.*

past tense 過去式　是動詞的一種形態，表示事情是在過去發生的。例子：*played, enjoyed, ate, won, went*

past progressive 過去進行式　是動詞的一種形態，表示事情是在過去某段時間中持續進行的。例子：*We were playing tennis when it started to rain.*

plural noun 複數名詞　數量多於1的名詞。例子：*books, toys, dogs, children*

possessive pronoun 物主代名詞　表達物件誰屬的代名詞。例子：*mine, yours, his, hers*

preposition 介詞　用來連接句子中不同的名詞。例子：*in, at, on, of, for*

preposition of place 位置介詞　是介詞的一種，顯示物件所在的地方或所朝的方向。例子：*in the box, under the table*

preposition of time 時間介詞　是介詞的一種，告訴我們事情何時發生。例子：*on Monday, in the summer, at six o'clock*

prepositional phrase 介詞片語　以介詞為首，配以名詞或代名詞的一組字詞。例子：*in the garden, with a ball*

present perfect 現在完成式　是動詞的一種形態，是用來表示之前發生的，但和現在仍有關聯的事情。例子：*I've lost my phone. He's cut his knee.*

present progressive 現在進行式　是動詞的一種形態，是用來表示事情正在進行。例子：*I'm doing my homework. We're playing on the computer.*

pronoun 代名詞　代替名詞的字詞。例子：*I, you, he, she, it, we, they*

proper noun 專有名詞　地方或人的名稱。例子：*Rose, Eve, Adam, London, New York*

punctuation 標點符號　用於寫作的符號，告訴讀者何時停頓、哪些是問句、句子的語氣等。例子：*?, !, " ", ( )*

Q

question 問句　提出問題的句子。例子：*Where do you live? Are you Ok?*

question mark 問號　是標點符號的一種，放置在問句的最後。例子：*What's that?*

R

relative clause 關係子句　為名詞添加資料的子句。例子：*Sam showed me the bike that he got for his birthday. My sister has a friend who can juggle.*

relative pronoun 關係代名詞　放在關係子句前面的字詞。例子：*a boy who likes tennis, a dog that bites, the place where we do drama*

reported speech 轉述句　把別人的說話轉述出來，而不是直接記錄的文字。例子：*Dan told me that he was tired. She asked me what I was doing.*

reporting verb 引述動詞　用於轉述句的動詞。例子：*say, tell, ask, warn, order, promise*

S

semi-colon 分號　是標點符號的一種，可以代替句號，把兩句意思有緊密關係的句子連接起來。例子：*The party was great; we all enjoyed it.*

sentence 句子　一組包含動詞的字詞，而且能表達出完整的意思。例子：*We watched a film. It's raining.*

singular noun 單數名詞　數量是1的名詞。例子：*bird, pen, computer, girl, mother*

speech marks 引號　是 inverted commas 的別稱。

statement 陳述句　提供資料的句子。例子：*My name's Molly. Lions are big cats.*

subject 主語　施行動詞所指的動作或行為的人或物。例子：*Olivia plays the recorder. Horses eat grass.*

subordinate clause 從屬子句　以從屬連接詞為首，主句以外的子句。例子：*I went indoors, because I was cold. Although he's quite short, Ali is good at basketball.*

subordinating conjunction 從屬連接詞　放在從屬子句前面。例子：*because, so, although*

superlative 最高級　是形容詞的一種形態，用來比較三個或以上的事物或人。例子：*biggest, funniest, most exciting, best, worst*

T

tense 時態　動詞的不同形態，用來表示事情是在過去、現在還是將來發生的。例子：*play, played, is playing, was playing, will play*

V

verb 動詞　說明動作或行為的詞語。例子：*eat, run, sing, play, ride*

鳴謝

The publisher would like to thank the following people for their help in the production of this book:
Jolyon Goddard (additional editing and proofreading), Chris Fraser and Ann Cannings (additional design), Helen Peters (index).

Picture credits
The publisher would like to thank the following for their kind permission to reproduce their photographs:

Key: a=above; c=centre; b=below; l=left; r=right; t=top.

3 Alamy Stock Photo: D. Hurst (clb). 4 Alamy Stock Photo: redbrickstock.com (cl). 9 Dorling Kindersley: Durham University Oriental Museum (bc/Eighty drachma); The University of Aberdeen (fbl, bl, bc). 10 Dreamstime.com: Isselee (crb). 11 Alamy Stock Photo: Krys Bailey (clb). Dreamstime.com: Dmitry Kalinovsky (br); Neil Burton (cra). 12 123RF.com: Sergii Kolesnyk / givaga (cla). 13 123RF.com: Viachaslau Bondarau (cl). Dreamstime.com: Andrey Popov (cra); Nataliia Prokofyeva (cra). 14 123RF.com: PaylessImages (cb). 15 Dorling Kindersley: Paul Wilkinson (bl). Dreamstime.com: Photoeuphoria (crb). Fotolia: Pei Ling Hoo (br). 17 123RF.com: donatas1205 (clb). Dreamstime.com: Francesco Alessi (bl); Kenishirotie (fbl); Matthew Egginton (bl/Mixed Coin). Getty Images: Foodcollection (cra). 18 Dorling Kindersley: Stephen Oliver (cra). Fotolia: Ruth Black (clb). 19 Dreamstime.com: Chris Van Lennep (clb); Derrick Neill (bl). 20 123RF.com: Roman Gorielov (cra). Dorling Kindersley: Jerry Young (br). Fotolia: Pekka Jaakkola / Luminis (clb); Sherri Camp (crb). 21 Dorling Kindersley: Jerry Young (cla). Dreamstime.com: Radu Razvan Gheorghe (cb). Getty Images: Technotr (cra); vgajic (bl). 22 123RF.com: Ilka Erika Szasz-Fabian (cra); mrtwister (bl). ESA / Hubble: NASA (br).
23 Dorling Kindersley: Harvey Stanley (br); Hitachi Rail Europe (clb); Ribble Steam Railway / Science Museum Group (crb); Haynes International Motor Museum (fbr). 24 123RF.com: Konstantin Kamenetskiy (crb). 26 Dorling Kindersley: Natural History Museum, London (cb); South of England Rare Breeds Centre, Ashford, Kent (bl). 27 123RF.com: Serhiy Kobyakov (bc). Dreamstime.com: Dmitri Maruta (clb). Fotolia: Anyaivanova (cr). 28 123RF.com: Irina Schmidt (bl). 29 123RF.com: Luca Mason (cb). Dreamstime.com: Akulamatiau (cla); Picsfive (crb). 30 Dreamstime.com: Cynoclub (clb). 32 Dorling Kindersley: Peter Anderson (crb). Dreamstime.com: Dmitry Kalinovsky (clb); Tamara Bauer (b); Tashka2000 (br). 33 Dorling Kindersley: Stuart's Bikes (bl). Dreamstime.com: Syda Productions (br); Tinnakorn Srivichai (ca). Getty Images: Stocktrek RF (cra). 34 Dreamstime.com: Duncan Noakes (crb). 35 Alamy Stock Photo: D. Hurst (cra). Dreamstime.com: Viktor Pravdica (ca). 36 123RF.com: Hongqi Zhang (cb, crb). 37 Dreamstime.com: Aginger (cl, cr). 39 123RF.com: Kasto (clb). 40 123RF.com: stockyimages (bl). Fotolia: Thomas Dobner / Dual Aspect (bc). 42 Dorling Kindersley: Blackpool Zoo, Lancashire, UK (cla). 43 123RF.com: Alena Ozerova (bl); Oleg Sheremetyev (crb). 44 123RF.com: federicofoto (clb). Dorling Kindersley: Liberty's Owl, Raptor and Reptile Centre, Hampshire, UK (cra). 45 123RF.com: Alena Ozerova (cb); Anatolii Tsekhmister / tsekhmister (c). 46 123RF.com: PaylessImages (cr). Alamy Stock Photo: Image Source Plus (cl); redbrickstock.com (cra). Dreamstime.com: Andrius Aleksandravicius (cb/Wood game); Showface (cb). 47 Dreamstime.com: Neil Burton (cla); Wavebreakmedia Ltd (cl). 48 123RF.com: Vitaly Valua / domenicogelermo (cl). Dreamstime.com: Viorel Sima (cr). 49 Dorling Kindersley: Steve Lyne / Richbourne Kennels (cla). Dreamstime.com: Cristina (cra). 50 Alamy Stock Photo: Marius Graf (clb); Picture Partners (cla); Sergii Figurnyi (br). Dreamstime.com: Ramona Smiers (ca). 51 Alamy Stock Photo: MBI (bl). 52 123RF.com: Irina Iglina / iglira (cla); svitac (cra). Dorling Kindersley: Hitachi Rail Europe (clb, bc); Jerry Young (cla). 53 123RF.com: bennymarty (cla); smileus (cra). Dreamstime.com: Waldru (cr). 54 Alamy Stock Photo: D. Hurst (c). Dorling Kindersley: NASA (cl). Dreamstime.com: Alexander Raths (ca); Ron Chapple (cr). 55 Alamy Stock Photo: Foto Grebler (bl); Zoonar GmbH (ca); tuja66 (cra). Dreamstime.com: Mtkang (cr). 56 Fotolia: Makarov Alexander (bl). 57 123RF.com: scanrail (cl). Dreamstime.com: Sergey Kolesnikov (cla). 58 Dorling Kindersley: Stuart's Bikes (cb). Dreamstime.com: Isselee (crb). 59 Alamy Stock Photo: Aleksandr Belugin (cla). Dreamstime.com: Monkey Business Images (ca). 60 123RF.com: Mike Price / mhprice (cra). Alamy Stock Photo: Zoonar GmbH (bc). 61 Alamy Stock Photo: LJSphotography (bl). 62 Dreamstime.com: Georgerudy (cla); Sepy67 (cra); Mihail Degteariov (bl). 63 Alamy Stock Photo: (cla). 64 123RF.com: Bonzami Emmanuelle / cynoclub (cb/Red fish); Visarute Angkatavanich / bluehand (crb). Alamy Stock Photo: Krys Bailey (cra). Fotolia: lucielang (cb).
65 Alamy Stock Photo: Martin Wierink (cr). Dreamstime.com: Irina Papoyan (br). 68 123RF.com: Eric Isselee / isselee (bl).
69 123RF.com: tan4ikk (clb). 70 123RF.com: Eric Isselee / isselee (ca). Dreamstime.com: Maigi (cb); Showface (bl, bc). Fotolia: Alexey Repka (cb/Moon). 71 Dreamstime.com: Stangot (bl); Svetlana Foote (cla). 72 123RF.com: pashabo (cr). 73 123RF.com: Eric Isselee / isselee (crb). 75 Alamy Stock Photo: Oleksiy Maksymenko (bc). Dreamstime.com: Jose Manuel Gelpi Diaz (crb); Vetkit (bl). 76 Alamy Stock Photo: Ernie Jordan (clb, cb). 77 Dreamstime.com: Esteban Miyahira (cra). 79 123RF.com: Paolo De Santis / archidea (c). Dorling Kindersley: Barnabas Kindersley (cra). Fotolia: Eric Isselee (cla, br). 80 123RF.com: Matthias Ziegler (cl); tan4ikk (bl). Dreamstime.com: Paul Maguire (cra). Fotolia: Silver (br). 81 123RF.com: Matthias Ziegler (ca). 82 123RF.com: mario (crb). Alamy Stock Photo: David Chapman (clb). 83 123RF.com: Eric Isselee (cla). Dreamstime.com: Limeyrunner (cb). 84 Alamy Stock Photo: Tetra Images (cra). Fotolia: Dusan Zutinic / asiana (bc). 85 Dorling Kindersley: NASA (cra). Getty Images: Thomas Northcut / Photodisc (cra).
86 Dreamstime.com: Jack Schiffer (clb). 89 Getty Images: Science & Society Picture Library (bc). 90 Corbis: (cra). Dreamstime.com: Pahham (c). 91 Dreamstime.com: Lbarn (cb). 93 123RF.com: Jo Ann Snover (cr).
97 Dreamstime.com: Douglas W Fry (crb). 98 Dreamstime.com: Natasnow (cra). 102 123RF.com: Yury Gubin (bc). Dorling Kindersley: Liberty's Owl, Raptor and Reptile Centre, Hampshire, UK (crb). 103 123RF.com: svitlana10 (cra). 106 Getty Images: claudio.arnese (br). 107 Fotolia: Kayros Studio (cr). 108 123RF.com: Katarzyna Białasiewicz (crb). 110 123RF.com: Denys Prokofyev (br); foodandmore (cla); kokodrill (cra). 111 123RF.com: Andreas Meyer / digital (cr). Fotolia: Matthew Cole (c). 112 123RF.com: Anton Starikov (cr). Dreamstime.com: Douglas W Fry (crb); Rmarmion (cl). Photolibrary: Photodisc / Ryan McVay (ca). 113 Dreamstime.com: Sefi Greive (cl). PunchStock: Westend61 / Rainer Dittrich (crb). 115 123RF.com: maraqu (crb). 116 Fotolia: Matthew Cole (cl). 117 123RF.com: robodread (crb). 118 PunchStock: Photodisc (cla, cr). 120 Alamy Stock Photo: Amazon-Image (cra). 121 Dorling Kindersley: Gerard Brown / Pedal Pedlar (br). 122 123RF.com: Brian Jackson (bc); John McAllister (crb); Narmina Gaziyeva (br).
123 123RF.com: Graham Oliver (cr). 127 Dorling Kindersley: Ribble Steam Railway / Science Museum Group (br). 128 Fotolia: Eric Isselee (br)

Cover images: Back: 123RF.com: Ilka Erika Szasz-Fabian bl; Alamy Stock Photo: D. Hurst cr

All other images © Dorling Kindersley
For further information see: www.dkimages.com